Heibonsha Library

マイ・バック・ページ

平凡社ライブラリー

Heibonsha Library

マイ・バック・ページ

ある60年代の物語

川本三郎

平凡社

本著作は二〇一〇年十一月、平凡社より刊行された『マイ・バック・ページ　ある60年代の物語』を加筆・修正したものです。

目次

それから
わたしたちは
大きくなった
こどもだった
わたしたちは
みな大きく
なった

わたしたちの
うちの一人は
留学のために
羽田をたった
ばかりで

もう一人は
72年の年の2月の
暗い山で
道にまよった

（樹村みのり「贈り物」）

『サン・ソレイユ』を見た日

まったく不意打ちのように六〇年代の映像に出会った。いや応なく当時のことを思い出した。

その日、一九八六年の四月、私は新橋のある試写室でフランスのインデペンデント・フィルムメーカー、クリス・マルケルの『サン・ソレイユ』（日の光もなく）という映画を見ていた。

映画は一種、詩的ドキュメンタリーと呼べるものでクリス・マルケルが東京で撮影した風景が特別のストーリーもなく流れるように映っては消えてゆく。猫の墓参りをする老夫婦、新幹線、泪橋の労務者、フクロウの看板、テレビのなかの妖怪映画、ビルの屋上に建てられた神社、盛り場の居酒屋、電車のなかで眠りこける乗客……。

そうした日常的な風景のなかに突然、ヘルメットをかぶった学生たちがデモをしている映像があらわれた。何気ない東京の街角の風景のなかに突然入ってきた異物のようなデモの場面は私には予想もしていなかっただけに衝撃的だった。

ヘルメット、顔を隠した白いタオル、ゲバ棒。映像は機械的に処理されていて陰画のコラージュのように見えた。現実にあったデモが幻想のなかの出来事のようにも見えた。このフィルムだけは現在のものではなく六〇年代のものに違いない。場所は三里塚だろうか。成田空港建設反対闘争。忘れかけていた、いや、忘れようとしていた過去を突然なんの脈絡もなく突きつけられた気がした。「いやだな、思い出したくないな」と私はこの場面をやり過ごそうとした。その時、映像にかぶさるように女性の声によるナレーションが聞こえてきた。

『サン・ソレイユ』のナレーションの言葉はクリス・マルケル自身が書いている。日記のなかの言葉であったり、友人にあてた手紙のなかの言葉であったりする。機械的に画像処理された学生たちのデモの場面にかぶせられた言葉は次のようなものだった。

「愛するということが、もし幻想を抱かずに愛するということなら、僕は、あの世代を愛したといえる。彼らのユートピアには感心しなかったが、しかし、彼らは何よりもまず叫びを、原初の叫びを上げたのだった」

「学生たちの中には、粛正の名のもとに、山中で殺しあった者もいた。また、打倒すべき資本主義を研究しすぎたあまり、その最良の幹部となった者もいる。他の運動と同じくここにも陰謀家もいれば出世主義者もいたのだ。しかしこの運動は、チェ・ゲバラのいうように『ただ一つの不正にも身を震わす』という人々すべてを立ち上がらせたのだ。このやさしさは、彼らの政治行為そのものよりも長い生命を持つことだろう。だから、二十歳は一番美しい季節ではない、などとは、僕は決していわせない」

『サン・ソレイユ』の学生たちのデモの場面にかぶせられたこの言葉は私の心のなかに強く残った。「僕は、あの世代を愛したといえる」「このやさしさは、彼らの政治行為そのものよりも長い生命を持つことだろう」。『サン・ソレイユ』を見ながらずっとこの二つの言葉をリフレインしていた。そして試写室の暗闇のなかでこの二つの言葉を手がかりに学生たちのデモがいたるところで行なわれていた〝あの時代〟、六八年から七二年にかけての約五年間のことを思い出してみたい、考え直してみたいと思った。

長いあいだ〝あの時代〟のことを忘れようとしていた。あまりに負の出来事が多かったから思い出したくなかった。あれはみんな悪夢だったのだと思い込もうとした。

たくさんのデモ、内ゲバ、政治的挫折、死、そしておそらくはあの世代の誰もがどう考えたらいいのかいまだにわからないままでいる連合赤軍事件。八〇年代なかばの異様に明るく、豊かな時代のなかではそうした暗い思い出はあまりに不似合で居場所がないように見えた。私自身のなかでも〝あの時代〟をどうしたらいいのか手だてがなかった。忘れたふりはできても忘れることはできなかった。〝あの時代〟の自分と〝いま〟の自分が二つに完全に分裂してしまっていて、どちらが自分なのかわからなくなっていた。〝いま〟の自分に居直ろうとすると必ず〝あの時代〟の自分がそれに異議を申し立てた。「昼間はハードボイルドだが夜はそうはいかない」とはヘミングウェイの『日はまた昇る』のなかの言葉だが、私の場合も、「昼」と「夜」がしばしば分裂した。「昼」は八〇年代の東京を優雅に生きることができたとしても「夜」はそうはいかない」。六〇年代の暗いシーンが断片的に、突発的に思い出されてしまう。

〝あの時代〟のことは忘れたいという気持と、負の出来事ばかりだったとしてもあの時に信じようとした理念、いや、理念以上の理念を信じようとした想いだけはいまこの瞬間でも肯定したいという気持が錯綜していた。そして時代が明るくなればなるほど（しかし本当に明るいのだろうか）〝あの時代〟を自分のなかで救い出したいという気持が強くなった。だが救い出すといってもどんな手だてがあるのだろう。

『サン・ソレイユ』のなかのクリス・マルケルの言葉が急に私にとって重要なものに思えてきた。「愛するということが、もし幻想を抱かずに愛するということなら、僕はあの世代を愛したといえる」。私もまたこのことを率直に認めてそこから出発しよう。私もまた「あの世代を愛した」のだ。おそらくはその「やさしさ」ゆえに。再びクリス・マルケルの言葉を借りるなら「しかしこの運動は、チェ・ゲバラのいうように『ただ一つの不正にも身を震わす』という人々すべてを立ち上がらせたのだ。このやさしさは、彼らの政治行為そのものよりも長い生命を持つことだろう」。「ただ一つの不正にも身を震わす」という「やさしさ」、それは言葉を換れば、「正しさ」を求める想い、あるいは、自分を社会的存在、歴史的存在としてとらえたいという想い、である。フランスのサルトルが提起した、いまならナンセンスといわれてしまうだろう「飢えた子どもを前にして文学は可能か」という問いがあの時代に私たちの世代に衝撃を与えたのは私たちが自分をひとりの個としてよりも、社会的存在、歴史的存在としてとらえたいという気持を強く持っていたからではないだろうか。といってもそれは決して「私」という個人的な部分を歴史性や社会性のなかにゆだねていくということではなかった。むしろ歴史性や社会性に対峙するくらいに「私」にこだわるということだった。全共闘という組織が既成の政党や政治から自立して自分たちの固有の言葉を持とうとしたように、私たち個人も歴史性や社会性から自立して自分たちの固有の言葉を持とうとした。

時代そのものは少しもやさしくなかった。ベトナム戦争という小さな国での大きな戦争があった。新聞でもテレビでもベトナム戦争のニュースがない日はなかった。僧侶の焼身自殺、ゲリラの公開処刑、ナパーム弾におびえて逃げる少女、雨が降りしきる泥沼の戦場で土嚢を枕に眠る疲れ切った黒人兵。そうしたいくつもの悲劇の写真は、あの時代のイコンといっていいものだ。

時代は少しもやさしくなかった。クリーデンス・クリヤーウォーター・リヴァイヴァル（CCR）は「フール・ストップ・ザ・レイン（雨が降るのをとめるのは誰）」と歌い続けていた。ジョーン・バエズは「ハード・レインズ・ア・ゴナ・フォール（激しい雨が降り続く）」と歌っていた。あの時代は象徴的にいえばいつも雨が降っていた。バリケードのなかは水びたしだった。時代が少しもやさしくなかったからこそ逆に「やさしさ」が求められた。そして「やさしさ」は現実に表現されたときにはヘルメットとゲバ棒という荒々しい形をとるほかなかった。なぜなら「やさしさ」は遠くにある理念であり、それは現実のなかにはなかったのだから。現実のなかでは暴力であるものが理念のなかでは非暴力になる、逆に、現実には非暴力であるものが理念のなかでは暴力になる。そこに「やさしさ」のパラドックスがあった。「私たち」は、ヘルメットとゲバ棒の〝暴力学生〟のなかに真の「やさしさ」を見ていたのであり、「暴力反対」の常識をかかげる〝一般学生〟や大学当局、あるいはマスコミや世論のなかにこそ暴力を見ていたのである。

あの当時、さまざまなバリケードのなかのタテカンでひんぱんに見かけた言葉、サルトルとフランツ・ファノンの次のようなメッセージはこの「やさしさ」のパラドックスを語っていたのではないだろうか。

『非暴力』の君へ！

要するに次のことを理解してくれたまえ――もし暴力が今夜はじめて開始されたもので、かつて地上には搾取も圧制も存在しなかったというならば、あるいは非暴力の看板をかかげて紛争を鎮めることができるかもしれない。ところが、もし体制全体が、そして君たちの非暴力思想までが一千年にわたる圧制によって規定されているならば、受身の態度は君らを圧制者の側につけるだけである」

さまざまなシーンが思い出される。三里塚での機動隊と学生たちの衝突、新宿騒乱の日の夜中まで若者たちがあふれていた大通り、「明日に向って撃て！」とヘルメットに書いて佐藤訪米阻止のデモに参加した高校生たち、白山通りを埋めつくした日大全共闘のデモ、テレビ画面のなかのベトナム戦争、潜行先からあらわれ日比谷公園の集会で演説する山本義隆。

無数のシーンが断片的に思い出される。シーンはいつか記号に変換されてゆく。「10・8」(六七年十月八日、佐藤訪ベトナム阻止羽田闘争、京大生山崎博昭死去)、「10・21」(六八年十月二十一日、国際反戦デー、新宿騒乱の日)、「18・19」(六九年一月十八日、十九日、東大安田講堂事件)、「4・28」(六九年四月二十八日、沖縄反戦デー)、「11・16」(六九年十一月十六日、佐藤訪米阻止闘争)、「3・31」(七〇年三月三十一日、赤軍派による〝よど号〟ハイジャック事件)、「2・22」(七一年二月二十二日、三里塚強制代執行)……。

「10・8」「10・21」「18・19」。ジュッパチ、ジュッテンニイイチ、イチハチイチキュウ。「地の霊」という言葉があるが時間にも「時の霊」があるのかもしれない。「10・8」とか「10・21」は私たちの世代にとってはちょうどかつての「8・15」や「6・15」のように「時の霊」がたちあらわれる特別の日になっていて、その記号を見るだけでさまざまなシーンが思い出されてくる。

たとえば「18・19」、一九六九年一月十八日、東大安田講堂事件の日、私は東大構内にいた。といっても全共闘の学生たちがたてこもった安田講堂のなかではなかった。私は彼らとともにあったのではなく見る側にまわってしまっていた。安田講堂の向かいにあって学生たちと構内に導入された機動隊との〝攻防戦〟を遠望することのできる法学部の建物の屋上にいた。そこから私は何人かの先輩記者にまじって報道腕章といういわば安全地帯へのパスポートをつけて安田講堂と向かいあっていた。一月の寒い朝で、空気が痛かった。誰も何も喋らず、重苦しく黙ったまま安田講堂を見ていた。ジャーナリストの「見る立場」という客観性についていやでも考えずにはいられなかった。

前年の夏に私は朝日新聞社の入社試験に受かった。いわゆる就職浪人だったので夏に就職が決まるとすぐ、翌年四月を待たずに朝日新聞出版局校閲部にアルバイトという形で勤め始めていた。「週刊朝日」や「朝日ジャーナル」の校閲の仕事だった。この期間に出版局の先輩記者たちと親しくなった。六八年の夏から秋にかけて東大、日大では全共闘運動が急激に盛り上がっていった。それは信じられないくらいなスピードだった。それまで何か行動したいのだが行動を起こせない個々人が、ひとりひとり孤独な内面に閉じ籠もっていた。それが「自己否定」

という キー・ワードが生まれた瞬間、〃自分が考えていたのはそのことだったのだ〃と多くの学生たちが全共闘運動にひきつけられていった。その意味でこの運動は、政治革命というより思考革命と呼んだほうがいいものだった。私はその時点で会社勤めを始めたとはいえ気持はまだ学生だったので全共闘運動に共感し、先輩記者たちとよく「自己否定」をめぐって議論をした。自らのよって立つ場所を根底から疑うという意味の「自己否定」の考え方は、「客観性」を装ったうえで成立するジャーナリストという職業をも否定の対象にさらすものだった。先輩記者たちは学生たちを取材すればするほど学生たちがかかえている問題が自分たち自身にはねかえってきていい意味で危機意識を持ち始めていた。「自己否定」という言葉、「お前は何者なのだ」という自己追究の問い。それに一度遭遇してしまうと、誰でももうそれまでの自分ではいられなくなってしまう。六九年に公開されたフランス映画に『ポリー・マグー　お前は誰だ』というタイトルの映画があったがそれにならってそのころ記者たちはみんな「ジャーナリスト　お前は誰だ」と自問自答していた。

一月十八日、私はまだアルバイトの身分で正式には記者の資格はなかったが先輩記者が「これから東大に取材に行くからお前もいっしょに来い」と誘ってくれた。現場に行っても私には何も出来ないことがわかっていたのではじめは躊躇したが結局「行きたい」という気持が勝った。その朝、六時半ころから機動隊が東大にやってきていた。テレビのニュースがそれを熱っぼく伝え始めていた。〝血が騒ぐ〟というのか、一刻も早く安田講堂に行って全共闘の学生たちと時空を共有したかった。彼らの痛みを共有したかった。

しかし、法学部の建物の屋上に報道腕章を巻いて立ってみると、ジャーナリストを志した自分と講堂のなかに自らを「砦の狂人」と自己規定して逮捕を覚悟してたてこもった彼らとの距離の大きさを感じざるを得なかった。安田講堂に向けて催涙ガスが発射される。上空をヘリコプターが飛ぶ。講堂の上からは投石が繰り返される。その異様な雰囲気のなかで私は「ジャーナリスト　お前は誰だ」「お前はただの見るものに過ぎない」と呟き続ける他なかった。

つい半年前の夏、安田講堂前の広場には全共闘の学生たちが思い思いのテントを張り、思い思いのタテカンを作り、テント村を作っていた。そのころはまだのんびりとした雰囲気があった。医学部や工学部の学生たちが多かった。東大闘争は理工系の学生たちによって開始されたことがひとつの特色だった。自分の研究がそのまま企業社会、資本の論理に組み込まれてゆくことへの危機意識が彼らを「このままでいいのか」という自己懐疑へとかりたてていった。六〇年安保闘争のときは街頭行動に敗れてもまだ学校という帰るべき場所があった。大学という美しい学問の場に守られているという安心感があった。しかし東大闘争に参加した学生たちはその帰るべき学問の場そのものを懐疑した。大学は少しも美しいところではない、そこは権力や体制にそのままつながっている。大学で学問を学ぶことは自分が加害者になってゆくことだ。

たとえばいまこの瞬間ベトナムの戦場で殺されている子どもたちに対して。美しい学問の場にいる自分たちが実は誰よりも汚れている。

全共闘の学生たちが問題にしたのは何よりもこの自らの加害性だった。体制に加担している自分自身を懐疑し続けることだった。自己処罰、自己否定だった。だからそれは当初から政治行動というより思想行動だった。なにか具体的な解決策を探る運動というより「お前は誰だ?」という自己懐疑をし続けることが重要だったのだ。質問に答えを見つけることよりつねに質問し続けることが大事だったのだ。だからそれはついにゴールのない永久懐疑の運動だった。現実レベルではあらかじめ敗北が予測された運動だった。

全共闘の学生にとっては実は「大学改革」といった具体的なテーマはどうでもいいことだった。そんなものはいわばハウ・ツーものに属することだった。それよりももっと根本的な自分自身の生き方への全面的な懐疑こそが重要だったのだ。「大学をどうしたらよくなるか」というような現実レベルのことよりも「お前は誰だ?」という理念レベルのことのほうが大事だったのだ。いわば学生たちは政治言語よりも詩的言語のほうを優先させていた。

こういう全共闘運動のとらえ方はあるいは倫理的すぎるかもしれない。一方にはたしかに革命や変革を求める政治活動もあったし、他方には「そんなこむずかしい顔をしないでリラックスしてやろうよ」という自己諷刺の軽やかなスタイル（真情あふれる軽薄さ）もあった。革命のコトバと当時の人気マンガ赤塚不二夫の「もーれつア太郎」に出てくるダメネコ、ニャロメのユーモラスなコトバが全共闘の運動のなかには共存していた。しかしどこの政治セクトにも属さない、いわゆるノンセクト・ラジカルと呼ばれた学生にとっては「自分はこのままでいいのか」とどんどん自分を追いつめてゆく自己懐疑こそがいちばんのこ、だ、わ、りだった。「私たち」は、あらゆる価値観を受容することではなく懐疑することによって自分たちの生き方を探ろうとしたのだと思う。「どこにもない何か」を求めようとしたのだと思う。その意味では全共闘運動というのはあまりにロマンチックな、非合理的な運動だった。

六九年一月十八日朝。私は一時間も安田講堂に向かいあっていることはできなかった。目の前で自分と同じ考えを持った人間が極限まで自己懐疑をつきすすめていこうとしているときに、自分だけが安全地帯にいて「見ている」ことは苦しかった。私は先輩記者のひとりに「もう帰りたい」といった。彼は「帰るのもいいが、苦しいからといって見ることをやめたらジャーナリストにはなれないよ」といった。そのプロ意識にも頭が下がる思いがしたが、結局は、現場にいることに耐えられず、学外へ出た。機動隊の前を報道腕章を巻いて歩いてゆく〝安全な〟自分をまたしても嫌悪した。

安田講堂にたてこもった学生たちは二日間耐えたが二日目の十九日の夕方、ついに全員が逮捕された。十九日の午後五時四十四分、講堂内に入った機動隊が屋上の赤旗をはずした。すべてが終わり、そして、すべてが始まった。

「もし、わたしが自己を守らねば、だれがわたしを守ってくれるだろう？　しかし、もしわたしが、自己のためのみを考えるなら、なんのためにわたしは存在しているのだろう？」（ナターリャ・ソコローワ『怪獣17P』草鹿外吉訳、大光社）。

後記　「サン・ソレイユ」のナレーションの女性は、漫画家、声楽家の池田理代子だった、とのちに知った。

69年夏

一九六九年四月、私は「週刊朝日」の記者になった。大学を卒業し、一年間、就職浪人をして記者になった。まだ二十五歳だった。可能性は無限にあり、なんでも出来るんだという若い気負いがあった。

時代もまだ若く、激しかった。その年の一月に東大安田講堂事件があった。全共闘運動は後退戦を強いられていたとはいえ、まだ各大学にはバリケードが残っていた。ベ平連のベトナム反戦デモが繰り返されていた。ローリング・ストーンズが次々にヒット曲を放っていた。

大学の四年のころからジャーナリストになりたいと思っていた。ベトナム戦争が激しくなるにつれ、日本のジャーナリストの活躍が目立ってきた。ベトナムに飛び、砲火のなかで感動的な戦場を撮るフリー・カメラマンの行動が若い学生に刺激を与えた。ベトナムの戦場で雨にうたれる黒人兵の姿をとらえた日本人の若いカメラマンがこのころピューリッツァ賞を受賞した。それが、私のマスコミ志望を強めた。あんな仕事をしたいと思った。

就職は新聞社にだけ的を絞った。学校の成績はよくなかったから、「成績表不要」という新聞社の試験は有難くもあった。一年目は面接で落ちた。重役と安保論争など始めたのがよくなかった。徹底してやればまだよかったのかもしれないが中途半端なところで撤退したのが印象を悪くしたようだ。

ジャーナリスト以外の仕事はまったく考えていなかったので一年間、就職浪人した。新宿の路地裏のバーでバーテンをやった。暇があると映画ばかり見ていた。暑いさなかジョン・コルトレーンが死んだ。新宿のジャズ喫茶に夜どおしコルトレーンが流れた。ベトナム戦争はどんどん激しくなった。

六八年の夏、もう一度、朝日新聞社を受けた。面接で重役の一人が「お前の顔は見おぼえがある」といった。「去年も受けました。どうしてもジャーナリストになりたくて、一年間浪人をしました」と答えたら「よし、いっしょにやるか」とあっけないくらい簡単な答えが返ってきた。当時はまだ就職浪人が珍しかったから会社のほうも驚いたのだろう。

六九年の四月に入社し、「週刊朝日」に配属になった。浪人までして入った職場だったから、よしやるぞと毎日が気負いの連続だった。しかし実際の仕事は、二軍のトレーニングのようなものだった。有名作家の原稿取り、校正の手伝い、先輩記者のアシスタント。原稿はほとんど書かせてもらえなかった。先輩たちが大学のバリケードやデモの取材に飛び出していくのを眺めながら、〝フラワー・デザインが女の子のあいだにブーム！〟というコラムの写真を撮りにお花の教室に出かけてゆくのは生意気盛りの人間にはつらかった。

一カ月たってはじめて記事を書かせてもらった。講談社から江戸川乱歩全集が出版され、怪奇小説がブームになりつつあるというコラムだった。わずか一頁のコラムだったのにひと晩かかった。デスクに恐る恐る提出すると「うちは大学新聞じゃねえんだぞ、なんだこの青臭い原稿は！」と突っ返された。たしかに観念的用語の氾濫するブンガク青年の文章だった。「自分の意見なんて書かなくていい、データをもっと入れなきゃ週刊誌の文章にならないよ」と隣りの先輩が教えてくれた。

江戸川乱歩全集を出している講談社に再び取材に行き、こんどはデータをたっぷり入れて原稿を書き直した。デスクは黙って読み終わると印刷に回してくれた。この時の体験のためか私はいまだに〝自分の意見よりデータ〟の癖が抜けない。エッセイを書いていてもつい評論ぽくなってしまう。

アメリカではアーサー・ペン監督の『俺たちに明日はない』が大評判となり、『真夜中のカーボーイ』や『イージー・ライダー』といったいわゆるアメリカン・ニューシネマがぞくぞくと作られるようになった。〝三十歳以上は信じるな〟というスローガンのもとで若い世代の叛乱があちこちで起きていた。日本でも大学のバリケードだけでなく、高校にも全共闘運動が広がっていた。アースクエイクならぬユースクエイクの時代の到来だった。

いたるところで若い世代が自己主張しはじめている――にもかかわらず、私はといえば相変わらず記者の予備軍でしかなかった。仕事らしい仕事はほとんどさせてもらえなかった。取材の勉強だからといわれ、"あなたのカバンの中身なんですか"と新宿の街角に立ってカバンを持っている人に片端から質問するという仕事もさせられた。「余計なお世話よ」と中年の婦人に怒鳴られた。「変なこと聞かないでよ」と若い女性に逃げられた。勢い込んでジャーナリストになったというのにオレは何をしているんだろうと自己嫌悪におちいった。

その年の七月にアポロ11号が月面に着陸するという大事件が起きた。新米の私もその取材班に加えられた。こんどこそ面白い仕事になるに違いないと張り切ったのに仕事といえば――ホテルに泊まり込み、テレビの宇宙中継を見ながらその画面の様子をメモしてゆくという情けない仕事だった（当時はビデオはまだなかった）。それが終わると座談会に出席する先生を車で迎えに行くという仕事が待っている。

空しい毎日の連続だった。夏になるとベ平連が新宿西口の地下広場でベトナム反戦の音楽集会を開くようになった。土曜日の夜になると若者たちが大勢集まった。いわゆるフォーク・ゲリラである。私は取材と称しては西口広場に出かけて行き、集会に加わった。

日本の夏は死者の季節だ。戦争で死んでいった者を追悼する季節だ。

その年、「週刊朝日」では「私の8・15」というタイトルで読者の戦争体験を募集した。原稿の枚数は四百字で十枚くらいではなかったかと思う。応募してきた数はくわしくは憶えていないが千は下らなかったろう。大きなダンボール箱に三つほどになった。

その応募原稿をまずぜんぶ読んで、読みごたえのあるものを選び出すというのが私の仕事になった。「また雑用か」とはじめはがっかりしたが、読みはじめてみると面白いものが多く、読者の戦争体験にひきずりこまれていった。

毎朝、出社しては、小さな会議室にカンヅメになり、ひとつひとつ応募原稿を読んでいった。どんな拙い文章でも、手書きの原稿は迫力がある。ふだんあまり文章を書いたことがない人たちの文章には、体験の重みがある。それにテーマが「8・15」だから、肉親の死や飢え、戦場の悲惨な体験といったドラマティックなものが多く、一日、読み続けているとぐったり頭の芯が疲れた。それでも入社してからはじめて仕事らしい仕事をしたという充実感があった。原稿のなかの「8・15」は、外の世界の「ベトナム戦争」と拮抗しあう緊張があった。

何本か入選の候補作を選び出し、それをデスクと編集長のところに見せに行き、三人で最終選考をした。

何本か選ばれたうちいまでも印象に残っているのは、戦中派の人が書いた引き揚げの悲惨な体験のものと、もう一本は、戦後派の書いたまったく戦争のことに触れなかった「私の8・15」だった。戦争体験のものばかりのなかでこの文章は異彩を放っていた。「二十歳・スナックバー勤務」の女性のものだった。私はこの二本を入選に加えてほしいと強く推薦した。幸い、デスクも編集長もこの二本が気に入って、入選になった。

次の仕事は、この原稿を書いた本人に会いに行きインタビューすることだった。本人のなまの言葉と顔写真を掲載すると同時に、本当に記名本人が書いたのかどうかという事実を確認する必要もあった。一種の身許調査である。

その手間のかかる仕事は当然、新米の私にまわってきた。しかし、その時点では、私はこの「雑用」に興味を持つようになってきていた。テレビの宇宙中継を見ながらさも見てきたように月面着陸の様子を書くよりもずっと気持は乗っていた。

「私の8・15」というテーマで戦争のことにはほとんど触れずに、男とのわびしい同棲生活を書いてきた女性は、実際はどんな人間なのだろう。引き揚げのときに妹が衰弱して死んでゆくのを見た男はいまどこで何をしているのだろう。

原稿に書いてあった住所をたよりに、二人に直接会いに行くことにした。夏の暑いさかりだった。アメリカではウッドストックで野外ロック・コンサートが開かれ、その〝ラブ&ピース〟の四十万人の熱狂が日本にも伝えられてきた。他方ではチャーリー・マンソンによる女優シャロン・テート殺害という凄惨な事件も起きていた。ビートルズの「ゲット・バック」やフィフス・ディメンションの「アクエリアス」がヒットしていた。「私の8・15」を読む仕事をしてから、私もようやく肩の力が抜けるようになっていた。事件の最前線に突入してゆくことだけがジャーナリズムの仕事ではないと、落ち着いて周囲を見る余裕ができてきた。先輩たちとも酒を飲むことができるようになっていた。

「私の8・15」を書いた女性は荻窪駅西口のアパートに住んでいた。昼間、訪ねると彼女は留守だった。しかし、ともかく、原稿を書いた人間が、確かに実在していることだけはわかった。アパートの管理人が近くの喫茶店によくいるからそこで待っていれば会えるかもしれないと教えてくれたので、中央線の線路わきにある、ひと昔前の歌声喫茶のようなところで、時間をつぶすことにした。

喫茶店に一時間ほどいたが彼女らしい女性は現われなかった。そこのマスターに、実は近くのアパートに住んでいる女性を訪ねてきたのだが、ひょっとしてその女性を知らないか、もしご存知だったら、彼女に私に連絡してくれるよういってくれないか、と私は名刺を渡して、喫茶店を出ようとした。

するとその男性が親しげに私に話しかけてきた。「へえ、あの子、文章なんて書くの。そんなふうには見えないけれどね」

「どんな女性？」と私は好奇心にかられて聞いた。

「どんなって、なんといえばいいか、美人でそして大きなおっぱいしてる子だよ」とマスターは、彼女が文章を書くなんて信じられないと何度もいった。

「何をしている人？」と聞くと、彼は、妙に意味ありげに言葉をにごす。私はいよいよ知りたくなる。

「女優だよ」と、彼は、何度目かの私の質問にとうとう答えてくれた。「えっ、女優？」――しかし、原稿に書いてあった名前は、映画好きの私でも聞いたことがないものだ。きっとこれは本名で、芸名があるのだろう。

「芸名は？」と聞くと、男はいよいよ口ごもる。

「『週刊朝日』って、硬い雑誌だろ。こんなことといっていいのか、彼女は女優は女優でもピンクのほうだよ――」

そうか――ピンク映画の女優だったのか。それで私は納得したような気になった。彼女の原稿は、地方から出てきた若い女性が東京で男たちにもみくちゃにされながら生きている激しい青春をつづったものだったからだ。

当時はピンク映画の全盛期だった。東京オリンピックのあった一九六四年ごろに日陰者として誕生したピンク映画が、高度経済成長の日本の陰の部分を支えながら着実に観客層をふやしていた。谷ナオミ、辰巳典子、香取環、城山路子、松井康子（牧和子）といったひそやかな女優たちが、まぶしいばかりの裸身を場末の映画館でひっそりと見せてくれていた。私はその暗いエロティシズムに魅了され大学時代からよくピンク映画を見に行っていた。新聞社に入ってからも月に一回は見ていた。

ただやはりピンク映画はどこまでも日陰の花だった。ピンク映画が好きだとはおおっぴらにはいえなかった。女優たちもあくまでも暗がりのなかに身を隠していた。低予算で作られるピンク映画のことだから女優たちのギャラも安かった。女工哀史ならぬ女優哀史の悲しい話も洩れ聞いていた。

そのピンク映画の女優が「週刊朝日」に原稿を投稿してきたとは。有名な女優ではないがそれはひとつの「話題」にはなる。一頁くらいのコラムはすぐに書ける。私ははじめ、気負って彼女に会い、写真を撮り、記事にしようと考えた。

しかし、荻窪の薄暗い喫茶店ですっかり水っぽくなったアイスコーヒーを飲みながら、私はこのまま彼女に会わずに帰ろうと考えを変えた。〝やはり野に置け、レンゲ草〟ではないが、彼女を芸名のほうで紹介する気にはなれなかった。彼女が原稿に書いてきた、ありふれた本名のほうだけで紹介記事を簡単に書こう。私はそのときはじめて「原稿にしないこともジャーナリストの仕事のうち」ということを覚えた。

社に帰ってデスクには「記名本人は実在していました」とだけ報告した。デスクはそれ以上は聞かなかった。

彼女はその後、地味だがユニークな作品を書く作家になった。私は彼女の新刊が出るたびに買って読む。そしてあの暑い夏の日のことを思い出す。千を超える応募原稿のなかから彼女の原稿を選んだのは私に「編集者」としての目があったからだと自己満足するとともに、彼女の成功に遠くからひそかに拍手をしたくなる。

「私の8・15」で引き揚げ体験を書いた男性の住所はなぜか多摩地区の病院になっていた。はじめ私は病院で働いている人かと思った。しかし病院に問い合わせてみると入院患者であることがわかった。肺病の患者か、あるいは悪くするとガンの患者か。

会いに行く前から気が重かった。病院は、郊外の私鉄沿線の畑のなかにあった。真夏の暑い日——いま古い手帳を取り出してみると、その日は六九年の八月二十九日の金曜日とある——、炎天下のなかを病院に向かって歩いた。なぜか、カミュの『異邦人』の「今日、ママンが死んだ」という冒頭の一節が浮かんだ。暑い太陽のせいだったか、一年前に公開された映画、ヴィスコンティの『異邦人』の最初の風景と、その畑の風景が似ているせいだったか。

訪ねていった男の人は両腕と両脚がなかった。

年齢は五十歳くらいだろうか。ベッドのなかで彼はイモ虫のように横たわっていた。原稿は義手で書いたという。なんといったらいいのかわからなかった。なにを質問したらいいのかわからなかった。炎天下、歩いてきたので頭のなかはボウッとしていたし、目の前の男の姿があまりに強烈だった。

やさしい男だった。すっかりうろたえてしまった私に、不具者であることを意識させないように、夏の高校野球やプロ野球といったごく日常的な話題を選んで会話をしてくれた。枕もとにはトランジスタ・ラジオがあった。それで野球を聴くことと、義手を使って推理小説を読むのが楽しみだといった。「推理小説はゲームでしょう。現実を忘れさせてくれるところがいいんです」といった。

仕事だからと勇気を奮いおこして「写真を撮ってもいいか」と聞くと、柔らかく「どうぞ」といった。カメラのシャッターを押すと私の気持もどうにか落ち着いてきた。メモ帳を取り出して、引き揚げ当時のことを聞く余裕が生まれた。

質問しているうちに、男には子どももいることがわかった。しかし、その子どもは自分が父親であることはまったく知らないだろうという。彼は、引き揚げのときの無理がたたって日本に帰ってから両手、両脚を切る手術をしなければならなかった。そのとき妻と別れた。妻は、まだ小さかった子どもを連れて彼のもとを去った。

「あの子どもも、もうあなたぐらいになっているだろう。そんなとき、私のような人間が父親ですと名乗って現われたら彼が困惑するだろう」と彼はいった。私は、なんと返事をしたらいいかわからなかった。

質問を終え、また炎天下、畑のなかの道を歩いて有楽町の社に戻った。私は、彼の写真をあえて載せた。それはもしかしたら、彼の、おそらくは最初にして最後であるかもしれない晴れ舞台であり、彼が、どこかで、自分が父親であることを知らない子どもにその姿を見せたい、父親は健在だよと知らせたいと思ったのではないかと考えたからだ。

それから彼がどうなったか、子どもが自分の父親に気づいたのか——いまとなってはもう私にはわからない。ただ、六九年の夏の終わりの暑い太陽だけはいまも感じている。


「私の8・15」に応募してきたこの二人の人間を知ってから私は、自分ながら気負いがとれたように思う。もうデモの取材やバリケードの取材をなにがなんでもとは思わなくなった。

あれもまだ夏の暑さが残っていたころだった。吉祥寺の井の頭公園でとても印象的な青年に会った。平日の井の頭公園を歩いていたのは単に休暇を楽しんでいたからだ。そのころはもう

「ここに何か面白いネタが……」という気負いは取れていた。ジャーナリストではあるけれど、もう少し「静かな」ジャーナリストになりたいと思うようになっていた。平日の井の頭公園にはなぜかギターを持った男たちが多かった。流しのギター弾きで、夜になると新宿の飲み屋街に流れてゆく彼らが昼間、他人に迷惑をかけないですむ公園のなかで、歌の練習をしているのだ。そういうけなげな流しが公園のあちこちにいた。

そのなかに一人、歌謡曲ではなくフォーク・ソングを歌っている青年がいた。ボブ・ディランやピーター・ポール＆マリーの歌を歌っている。親近感をおぼえて話しかけると、マンガ家の卵で、フォーク・ソングが大好きなのでときどき吉祥寺の喫茶店で弾き語りをするという。人なつこい目をしたいい青年だった。彼の、吉祥寺にある下宿にまで押しかけていっていっしょに「風に吹かれて」や「パフ」を歌った。

それから十五年以上たった。

この夏、三橋乙揶（みつはしおとや）という不思議な名前の人から『野辺は無く』というマンガの本が送られてきた。「ガロ」の発売元である青林堂から出版された本だ。三橋乙揶？　誰だろうと……「あとがき」を見たら、なんとあの時に会ったギターの青年の処女マンガだった。「あとがき」に「井の頭公園で知り合った、川本三郎氏が私の下宿へ尋ねてこられたのもその頃で、差入れの肉饅頭が、たいそううまかったのを覚えている」とある。ああ、あのみつはし君だったのか！

その夜はうれしくて、ひとりでビールを飲みながら、みつはし君のマンガを一頁一頁めくった。そして、あの太陽がとても暑かった六九年の夏のことを思い出した。

私は二十五歳だった。

この原稿のなかの、のちに作家となった「二十歳・スナックバー勤務」の女性は鈴木いづみ。なんということだろう、彼女は私のこの原稿を掲載した「SWITCH」誌が発売された直後、八六年の二月なかばに自殺した。自宅の二段ベッドでパンティストッキングを使った首吊り自殺だった。しかも自分の子どものかたわらでという壮絶な死だったという。三十六歳の死——。

三橋乙揶さんは、その後、ミュージシャン（シンガー・ソング・ライター）のシバとして活躍している。

幸福に恵まれた女の子の死

アイドル歌手の岡田有希子が飛び降り自殺したとき、私はいまから十年ほど前の夏に、蒲田の跨線橋から横須賀線の電車に飛び込んで自殺した、若い清純派タレントのことを思い出した。二十二歳で死んだ保倉幸恵である。

三十代なかば以上の人ならこの名前に覚えがあるかもしれない。一九七〇年から約二年間、「週刊朝日」の表紙モデルをつとめた「サチエ」である。

彼女は「週刊朝日」にとってはいわばマスコット・ガールだった。彼女が表紙をつとめた二年間は、私が「週刊朝日」に在籍した時期に重なる。だから彼女には特別な思い入れがある。その二年間はまた、大学紛争や三里塚闘争が激しかった、熱くて長い二年間だった。

当時、彼女は今の岡田有希子と同じ年齢だったと思う。一九七五年に死んだとき二十二歳だったから、はじめて「週刊朝日」に登場したときは十七歳だったか。いまの活発な「ギャル」とは違って、まだ「少女」という言葉の似合った可愛らしい女の子だった。

そのころ「週刊朝日」は週刊誌の競争でかなり苦戦を強いられていた。後発の出版社系の週刊誌が派手なヌード写真を掲載して売り上げを伸ばしていたのに対し、「週刊朝日」は〝日本のニューヨーカー〟をめざし、ヌードは一切掲載しなかったからだ（この方針は現在も変わっていない）。「朝日」の名前だけで売れる時代でもなかった。かつて百万部の発行部数を誇っていただけに部数の急激な落ち込み（当時五十万部から六十万部のあいだだったと思う）は普通以上の危機感をもたらした。

十七歳の無名の少女モデルを表紙に起用するというアイデアは、こうした危機乗り切りの一つの打開策だった。

どういう経過で彼女が選ばれたのかは、平部員の末端にいた私など知る由もない。ある日、編集会議で編集長からこれから保倉幸恵という新人タレントを毎週起用しますという発表を受けただけだ。毎週、同じモデルを使うというのは当時としては（そして今も）かなりの冒険ではなかったかと思う。上の方で反対意見も強かったとあとで聞いたりした。

しかし、ともかく、「週刊朝日」の表紙は「サチエ」で毎号行くということが決まった。はじめのうちはぎこちない印象を与えたが、だんだん表情にゆとりがでるようになってきた。「週刊朝日」の読者は昔も今も中道が多いから、彼女の癖のない笑顔は好感を持たれた。ヤング雑誌にハイティーンのヌードが氾濫してきた時期だったので、清純派の彼女の笑顔は、おっとりとした印象を与えた。お嬢様というほど気取ってはいないし、庶民的というほどありきたりでもない。どちらかといえば中産階級の上という感じで、それは「週刊朝日」の平均的読者イメージにぴったりだった。

三月のヒナ祭りのときは人形遊びを楽しむ「サチエ」、梅雨時には雨のなかで傘をさす「サチエ」、夏になると海水浴を楽しむ「サチエ」と、それぞれの季節に合った絵柄が撮影された。育ち盛りの彼女の成長を、読者が楽しんでいるというフィクションを作り上げていった。スタートして半年くらいのうちには彼女も「週刊朝日」のマスコット・ガールとして安定した人気を得るようになった。

とはいえ、一平部員の私には彼女はあくまでも「表紙の女の子」で、実際の彼女とはほとんど縁がなかった。たまに編集部に彼女が遊びに来ても「おっ、いるな」という程度の感想しか持たなかった。それに二十代なかばの私は、硬派記者としてがんばるんだとツッパっていたから「何が少女モデルだ」という気もあった。各地の大学でバリケードが築かれ学生と機動隊が衝突していた。三里塚では農民が空港建設反対闘争を続けていた。そんなとき「何が『サチエ』だ、マスコット・ガールだ」という気負いがあった。

はじめて彼女と直接、話をしたのは半年ぐらいたってからだったと思う。

そのころ私は独身で気ままな生活を楽しんでいた。毎週土曜日になると、新宿や銀座の映画館のオールナイトで東映のやくざ映画や、アメリカン・ニューシネマを楽しみ、明け方、新聞社に戻ってきて社に泊まった。新聞社には、徹夜勤務者用の簡易ベッドがあり、そこに泊まるのを楽しんでいた。社屋のなかには銭湯のような大きな風呂もあった。印刷工場で働く人間のためである。この風呂に入るのも楽しみのひとつだった。

オールナイトを見て、社に戻ってきて、風呂に入り、そしてカイコ棚のようなベッドにもぐり込んで寝る。目が覚めるのは日曜日の昼過ぎ。それから歯をみがき、ヒゲをそり、編集部の部屋に行く。いつもは人がごったがえしあわただしい編集部も、日曜日のその時間はほとんど人間がいなくて、ひっそりとしている。そこで仕事と関係のない本を読んだり、テレビを見たりして日曜の午後を過ごす。私にはその時間がいちばんゆったりと感じられて好きだった。日曜日に編集部に現われるのは私の他にはベテランのK氏だけで、この大先輩は夫婦仲が悪いとかで「ともかく家にいたくないんだ」といっていたが、のちに、本当に離婚してしまった。

保倉幸恵とはじめて直接、話をしたのはそんな日曜日だった。銀座に遊びに来たか何かの帰りに彼女は一人で編集部に寄ってみたといった。いたのは私だけだった。それで自然と彼女と話をすることになった。

そのころ私は、「週刊朝日」に「東京放浪記」というルポを三回にわたって連載した。これは、ある日、五百円だけポケットに入れて東京の町に出かけてゆき、そのあと一カ月東京のあちこちを放浪し、一ヵ月後に社に戻ってきて、その間の見聞を記事にするという体験ルポだった。その一ヵ月は、会社にも出社しないし、家にも帰らない。記者という身分も明かさない。ただ一人の風来坊として東京の町を漂流する。編集会議でこの企画を出したときはまさかOKが出るとは思わなかったが、編集長は意外にもすぐやってみろとゴーサインを出してくれた。まだ、のんびりした時代だったのだと思う。

スタートは山谷だった。ドヤ街に泊まり、労務者といっしょにビルの建築現場で働き、東京湾で沖仲士をやった。当時、建築中だった京王プラザホテルではペンキ塗りの手伝いをした。肉体労働をして金をためると、こんどは遊ぼうと新宿に行った。そのころ、新宿にはフーテンが多かった。和製のヒッピーである。彼らといっしょに夜中の新宿の町を野良犬のようにほっつきまわったり、やくざに追いかけられたりした。都電の車庫の跡地にアジトを作ったりした。知り合ったテキ屋の青年といっしょに、いずれは大きくなるウサギを「絶対に大きくならないテーブル・ウサギ」と称して街頭で売ったりした。

仕事をしているのか、遊んでいるのかわからないような毎日が続き、一ヵ月はまたたくまに過ぎてしまった。里心がついて会社に電話するとデスクが「そろそろ、戻ってこい」といった。その言葉を待っていたように、放浪生活を切り上げた。新宿で仲良くなったフーテンやテキ屋の青年と別れるのが少し寂しかった。同時に彼らに、自分の身分を明かさずウソをついてきたことがうしろめたかった。彼らは本当のフーテンだ。それに比べれば自分はふりをしていたに過ぎない。彼らを騙して仲良くなったことにもなる。仕事が終わったことの満足感と同時に、妙な罪悪感に悩まされた。

こんな感情は取材者ならだれでも持つことでプロのジャーナリストならそこをあえて目をつぶるのが大事なんだと思いながらも、そのころはまだ若くて気持のケリがつけられなかった。放浪生活から戻ってきて記事を書くことになったとき、連載の最後にそのうしろめたさについて正直に書いてしまった。

「放浪中いろんなやつに会えた。ふだんの取材ではめぐりあえないようなうれしい顔ぶればかりだった。それでも、結局、これは『仕事』なんだ。仕事が終われば、彼らとは別れなければならない。私は結局、彼らを『通り過ぎた』だけだ」

デスクはこんな感傷的な文章を「若いヤツはしょうがねえな」といいながらも手を入れずに通してくれた。

日曜日にはじめて保倉幸恵と直接、話をしたとき、彼女は私の書いた「東京放浪記」が面白かったといってくれた。しかも私がいちばんこだわった取材対象者へのうしろめたさの部分にいちばん共感したといってくれた。

ほめられただけでもうれしいのに、「ただの可愛いだけのモデルじゃねえか」と突っ放して見ていた年下の女の子に、いちばんのポイントを指摘されたので、私はいっぺんに彼女のファンになってしまった。いや、生意気盛りの私としては「おっ、この女の子、なかなかやるじゃないか」ぐらいには思ったかもしれない。

そのことがきっかけになって彼女とだんだん親しくなっていった。「週刊朝日」の編集部員は平均年齢は三十歳を超えていて、二十六歳の私は部内ではいちばん若かった。彼女としては私がいちばん話しやすかったのだろう。映画や音楽の趣味も近かった。

一度、いっしょに映画を見に行ったことがある。ジャック・ニコルソン主演、ボブ・ラフェルソン監督のアメリカン・ニューシネマの秀作の一つ『ファイブ・イージー・ピーセス』だ。そのころたしか今野雄二氏が絶讃していた。その評を読んだらしく、彼女はこれを見たいといった。二人で日曜日、スバル座に見に行った。

当時は『俺たちに明日はない』『明日に向って撃て!』『イージー・ライダー』『真夜中のカーボーイ』といったアメリカン・ニューシネマが続々と公開されていてわれわれ若い世代に新鮮な衝撃を与えていた。実際、私などいまでもこれらの映画の題名を聞くだけで心が昂揚するほどだ。ニューシネマはアメリカ映画のなかではじめて、ヤンガー・ジェネレーションが自己主張した若い映画だった。

『ファイブ・イージー・ピーセス』はそのニューシネマの一本である。『イージー・ライダー』で人気を得たジャック・ニコルソンが悩める青年を演じた。アメリカ東部の良家の子どもとして生まれた青年が、ドロップ・アウトしてアメリカをさすらう。しかし彼はその放浪生活にも希望を見つけることができない。体制にも非体制にも自己をアイデンティファイできなくなったジャック・ニコルソンが最後、メランコリックな心を抱いたまま北に向かってまた旅に出るところで映画は終わる。

映画が終わって、レストランか喫茶店に入った。私はいまひとつ映画に乗り切れなかった。ジャック・ニコルソンの悩みが恵まれたお坊ちゃんのぜいたくな悩みに見えて仕方なかった。

「どうだった？　あんまり面白くなかったね」というと、意外にも彼女は、「面白かった」という。

「どこが？」と聞くと、ジャック・ニコルソンが泣くところだと彼女はいう。私はそのシーンをほとんど憶えていなかった。いまでもあの映画で本当にジャック・ニコルソンが泣いたのかどうか記憶は定かではない。

彼女はたしかにジャック・ニコルソンが泣いたといった。そして「男の人が泣くのを見るのは好き」といった。

やくざ映画が好きで、ツッパることが男の心意気だ、と意気がっていた私には彼女の意見は意外で、新鮮だった。

『真夜中のカーボーイ』でもダスティン・ホフマンは『怖い、怖い』っていって泣いたの。憶えている?」

「いや、憶えていない。泣く男なんて男じゃないよ」

「そんなことないわ。私はきちんと泣ける男の人が好き」

そんな会話をした。いまにして思えば彼女のこの意見は〝大発見〟だったわけで、アメリカン・ニューシネマは、それまでアメリカ映画のなかでタブーとされていた「泣く男」を堂々と見せることで、新しい男性のイメージを作り上げたのだ。〝男だって泣いたっていいんだ〟。それから何年かたって(彼女が自殺したあと)、私は「アメリカ映画に見る『泣く男』の系譜」という文章を書いた。あのとき、保倉幸恵と話したことをヒントにした。

彼女はきっと人一倍やさしい子だったのだと思う。芸能人、タレントという仕事が好きではなさそうだった。いつか絵本の作家になることが夢だといっていた。イエナで買ったというアメリカの絵本をいつも大事そうに持っていて、あるときそれを私に貸してくれた。返し忘れているうちに彼女が死んでしまったのでその絵本は、予期せぬ〝形見〟になってしまった。

三年ほど前、私より若い劇作家の高取英が『聖ミカエラ学園漂流記』という戯曲+エッセイの本を出したとき、そのなかのエッセイで、彼が熱烈な保倉幸恵のファンだと書いているのを知って、彼女から借りたままで、ついに返すことができなくなってしまった絵本を高取英に譲った。なにしろ彼は、彼女が「週刊マーガレット」の表紙を飾っていたころからのファンだというのだから。高取英によれば十代前半の彼女は、「少女フレンド」の高見エミリー、「週刊マーガレット」の寺尾真知子に並ぶ、人気少女モデルだったという。そのころの彼女のことは私はまったく知らなかった。

彼女が「週刊朝日」のモデルをつとめていた時代というのは、何度も書くように新左翼運動の昂揚期（そしてその急速な退潮期）だった。その時期、ジャーナリズムのなかで「週刊朝日」が果たしていた役割は、どちらかといえば保守的なものだった。同じ朝日新聞社から出されている他の週刊誌「朝日ジャーナル」と「アサヒグラフ」がはっきりと新左翼支持を打ち出しているのに、「週刊朝日」は状況に直接関わるまいという大人の姿勢を崩さなかった。

それが社の内外の新左翼勢力の批判のまとになった。私は気分的には新左翼びいきだったが大学のバリケードに取材に行くと「『週刊朝日』なんて帰れ」と取材拒否された。私よりはるかに保守的な人間なのにただ「朝日ジャーナル」にいるというだけでバリケードに入るのを許可される同僚を見ると口惜しかった。

社内でも「週刊朝日」の編集部員は肩身が狭かった。飲み屋で「朝日ジャーナル」や「アサヒグラフ」のラジカルな記者に「お前のところは何をやっているんだ」とよく批判された。

やがてこんな「週刊朝日」批判が、そのマスコット・ガールである「サチエ」にも向けられた。彼女と、部内の記者とがデキているというよくある下品な噂もまことしやかに流れた。彼女と〝親しげにしている〟私も批判の槍玉にあがった。他誌の友人がわざわざ『サチエ』と社内でベタベタしないほうがいいぞ」と忠告してくれたりした。

「余計なお世話だ」と思ったし、私は、彼女に惚れている部員が誰だか知っていたから、そんな噂に巻き込まれまいとした。だいいち、男が女を好きになってどこが悪いのだ!

そして、七一年の五月に、社内で大幅な配置転換があった。私は「週刊朝日」から「朝日ジャーナル」に転部した。それから保倉幸恵とはなかなか会えなくなってしまった。

保倉幸恵はまたもとの「少女モデル」という遠い存在になった。彼女はやがてタレントとしても頭角をあらわすようになり、テレビドラマに出演するようになった。NHKの夜の番組、マンガ家の永島慎二原作の『黄色い涙』に出ているのを見かけて、懐かしく思ったりした。

——と、こんな、思い入れたっぷりの文章を書いてしまうと、いかにも彼女と私が特別な関係にあったようだが、実は、まったくそんなことはない。彼女にとっては私など編集部の一部員にしか過ぎず、たまたま年が近かったので一度、映画に行っただけのことに過ぎなかったのだと思う。事実、私が社を離れてからはもうまったく関係もなくなってしまった。ただ私のほうが一方的に、私の青春時代の一コマとして、彼女のことを鮮明に憶えているだけに過ぎない。

そして、その記憶は、彼女が自殺という特別な死に方を選んだことによってより鮮烈なものになった。

保倉幸恵は前述したように、一九七五年、七月八日、早朝、蒲田の跨線橋から、久里浜発東京行の横須賀線電車に飛び込み、自殺した。二十二歳だった。

その日、彼女は早朝、五時ごろ家を出たという。あまりに早い時間なので父親がどこに行くのだと聞くと「散歩に行く」と答えた。そして横須賀線に飛び込んだ。警察では身許が確かめられず身許不明のまま火葬にしたという。二十二歳の若さだし、仕事も順調にいっていたので誰もが自殺するとは思わなかったのだ。

ただ当時の週刊誌の記事を見ると、父親が「幸恵は欲のない子で『芸能界には向かない』といっていました」というコメントを残している。『ファイブ・イージー・ピーセス』のジャック・ニコルソンの泣く姿に共感した彼女には、生存競争のきびしい芸能界で生きてゆくたくましさがなかったのかもしれない。その週刊誌の記事によると玉川学園高校を卒業するときに提出した彼女のレポートのテーマはジョン・レノンだったという。あのジョン・レノンの無残な死を知らずにすんだことだけは彼女にとって唯一の幸福かもしれない。

彼女の私生活についてはほとんど知らない。彼女の自宅は蒲田にあった。自殺した現場は彼女の家の近くである。

一度、彼女を家まで車で送ったことがある。そのとき彼女は、自分の家を見せたくない、知らせたくないかのように、車を家の手前で止めさせた。のちに、グラビア班の担当者に話を聞いたら、彼女は、いつもそうだったという。彼女の家まで見送って行った人間は誰もいないのではないか。

六〇年代から七〇年代にかけての熱い政治の季節は、たくさんの若い死者を作り出した。生き急ぎ、死に急いだ者が多かった。あの季節に青春を送った者はおそらく誰もが身近にそんな死者を持っている。あのころのことは誰もが死者のことなしには思い出すことはできない。保倉幸恵という少女も、そんな死者の一人なのだと思う。

彼女は死んでしまい、私はそのあとも生き残り、いま、こんな感傷的な文章を書いている。この文章を読んだら、かつて、フーテンのふりをして「東京放浪記」を書いた私のうしろめたい気持を指摘した彼女は、「あなたはまた、私のことがわかったふりをして材料にしているのね」というのだろうか。それとも私などのことはとうの昔に忘れて安らかに眠っているのだろうか。

幸福に恵まれた女の子が一人、一九七五年の夏に、死んだ。

死者たち

「週刊朝日」の記者になってしばらくしてはじめて「取材はしたが記事は書かなかった」という体験をした。

六九年の八月だった。そのころ全共闘の運動は全国の大学へ、さらに、高校へと広がっていた。私はそのなかの任意に選んだ小さな、世間的には決して有名ではない大学の全共闘の学生を取材してみようと思った。週刊誌ジャーナリズムではよくある手で、むしろ無名なほう、小さなほう、忘れられたほうを特殊視して記事にするのである。その記事のタイトルはたとえば〝たった一人の全共闘〟といったものになるだろう。東大全共闘や日大全共闘のような有名な全共闘ではない、小さな大学の全共闘の学生はどうしているか。

私はそれを取材してみようと思った。そして文京区のある小さな大学の全共闘の学生にコンタクトをとった。小石川の植物園の近くの下宿に学生たちを訪ねた。六畳くらいの小さな部屋に私のインタビューに応えるために五人の学生が集まってくれていた。みんなマスコミの人間に会うのははじめてらしく緊張していた。おとなしい学生たちだった。五人とも地方から東京にやってきた学生たちだった。それまで取材で会ったことのある全共闘の学生たちは大半が「週刊朝日」の記者だと私が身分をいうとあからさまに反発した。「ブル新帰れ」といったたけだけしい批判が必ずぶつけられた。それに対してこの五人は終始おとなしく礼儀正しかった。「ブル新帰れ!」式の反発を受けるものと覚悟していた私は彼らのナイーブな反応に驚いた。

私の質問に対しても彼らは口が重かった。語りたい言葉がなかなか見つからないという感じだった。「全共闘といっても自分たちに何か大きな組織があるわけではない。ただ東大や日大の学生たちと気持をいっしょにしたいから全共闘といっている」「本当をいうと自分たちが何をめざそうとしているのかはよくわからない。ただ安田講堂事件には強烈なショックを受けた。あのショックが何だったのか考えたいからみんなで集まった」といったことを彼らはぽつりぽつりと話した。「自分がこんな政治運動なんかやっているのを知ったら田舎のおやじが怒るだろうな」と本当に心配そうにいう学生もいた。

話があまりに素朴すぎて「これでは記事にならないな」という気持と、「週刊誌の記事にならない話のなかにこそ本当の学生たちの姿があるのではないか」という気持を、同時に持った。社に戻ってデスクに取材の状況を話した。「平凡すぎて記事にならないな」とデスクはいった。私もそれに従うしかなかった。週刊誌という商業雑誌は何よりも「面白い」話を必要とするのだからそれで仕方がないと思った。

私はそれきり彼らに会うのをやめてしまった。しかし秋になってその大学の全共闘運動は次第に大きくなった。新聞の社会面にときどきその大学の様子が伝えられるようになった。「これは面白くなりそうだ」と私は週刊誌の記者らしい反応をした。そして八月に会った学生たちにもう一度会ってみようと思った。いまなら「面白い」話が聞けるかもしれない。

彼らの一人の下宿に電話を入れてみた。何度電話しても彼はいなかった。それで直接下宿に行ってみた。彼はいなかった。次に学校に行ってみた。学校はロックアウトになっていて入れなかった。私は学生たちが集まりそうな喫茶店をひとつひとつまわっていった。そのひとつでようやく前に取材した学生の一人に会えた。彼は口が重かった。前に会ったときより私に対して警戒心を持っているようだった。それでも時間がたつにつれ前のときのようにぽつりぽつりと重い口を開いてくれた。彼の口から、私が下宿に電話を入れた学生が十日ほど前に睡眠薬を飲んで自殺したことを知った。その学生は三年生だった。原因はよくわからないが、故郷の両親から政治運動はやめるようにと強くいわれ続けていたのが重荷になったようだと、喫茶店で会った学生は私にいった。仲間たちだけで葬儀をしようとしたが故郷からかけつけた両親が、肉親だけで葬儀をすませて遺骨を持って帰っていったという。

私は彼の話をメモし、さらに彼から死んだ学生の友人を何人か紹介してもらった。「小さな大学の全共闘の学生の死」。これは記事になると思った。八月の段階では「平凡過ぎて記事にならない」といったデスクもこんどは学生がひとり死んでいるのだから記事を書かせてくれるだろう。週刊誌ジャーナリズムにとっては不幸もまた格好のニュースになってしまうのだから。

私は学生たちに一人一人、死んだ学生のことを聞いていった。学生たちは当然なことに多くを語りたがらなかった。週刊誌の記者である私に対する反発と警戒に加えて、彼ら自身が友人の死をどうとらえていいかわからないと悩んでいた。みんな最後には口ごもってしまった。そして私を責めてもいい筈なのに逆に最後に「いい話ができなくてすみません」とあやまった。その謙虚さ、やさしさがかえって私の負担になってしまった。

結局、この小さな事件を記事にしなかった。かわりに「遺稿集ブーム」という記事を書いた。そのころ学生たちのあいだに自殺した学生や、機動隊との衝突で死んだ学生が残した手記や手紙をまとめた遺稿集がよく読まれていた。奥浩平『青春の墓標』、高野悦子『二十歳の原点』といった大きな出版社で出版された本の他に、死んだ学生の友人たちが自主的に作った自費出版の本がたくさん出た。

実際、死がたくさん、身近かにある時代だった。ベトナムの戦場では毎日人が死んでいた。アメリカやイギリスではロックのミュージシャンが若くして死んでいた――ブライアン・ジョーンズ（69年7月3日）、ジミ・ヘンドリックス（70年9月18日）、ジャニス・ジョプリン（70

年10月4日）、ジム・モリソン（71年7月3日）。あのころのアメリカン・ニューシネマと呼ばれる一群の青春映画はほとんどが最後に若者が死んでゆく映画だった。『俺たちに明日はない』『真夜中のカーボーイ』『イージー・ライダー』『明日に向って撃て！』『ひとりぼっちの青春』。みんなラストシーンは主人公の死だった。

三島由紀夫が死んだ。高橋和巳が死んだ。六九年の十一月には芝浦工大で内ゲバ事件が起こり学生が一人死んだ。大学闘争の過程での最初の死者だった。いたるところに日常的に死があった。生の中心に死があった。そして「私たち」はその死を忌避したりせず、むしろ死と親しくあろうとした。全共闘運動に深くかかわった評論家、津村喬の言葉を借りれば「しかしそこ（バリケード）には同時に、或る濃密な非日常的感性が枯れることなく持続し、流れていた。なんと表現したらいいだろうか、死が極めて近いところにある、死者たちがとても近いところにいる、という感情である」

全共闘運動は「10・8（ジュッパチ）ショック」から始まった、という。一九六七年十月八日。その日、佐藤首相の南ベトナム訪問に反対する学生たちの羽田空港付近での抗議行動、訪ベトナム阻止闘争に参加した京大生山崎博昭が羽田弁天橋で機動隊に殺された。この死は「私たち」に大きな衝撃になった。ベトナム戦争に反対する行動を起こした、自分と同じ世代の人間が権力によって殺された。その死の事実が「私たち」に重くのしかかってきた。ささやかな日常性のなかに入っていこうとした「私たち」をその死は歴史のほうへ、社会のほうへといや応なくひきずり出していった。「私たち」はその死を避けて通ることができなくなっていった。

再び津村喬の言葉を借りれば、「私は10・8の時、羽田にいたわけではないが、しかし確実に10・8を生き、それをくぐりぬけた。10・8をくぐらなかった人びとに、死んだ山崎博昭がどんなに身近かに、いつもすぐ隣りにいたかを理解してもらうのはむずかしいだろう」

「誰もが自分だけの死者をもっている。父と母がほぼ同時に死んでから、私はいっそう、私を生かしてくれている死者たちの群れを具体的に感じとりつづけている。だが、ひとつの同時代性を表現する死というものもある。多くの者が、ひとりの死者によってつながり、経験を共有するだろう。そこに死者の共通による暦の成立が可能になる。その暦によって私たちは自分の生と死を測るだろう」

一九六七年十月八日に死んだ京大生山崎博昭は「私たち」にとって「ひとつの同時代性を表現する死」になった。誰もがそこから考えを、生きることを出発させていかなければならなくなった。死が「私たち」の生の中心になっていった。

センス・オブ・ギルティ

スティーヴがアメリカから日本にやってきたのはたしか六九年のなかばだった。いまはもうなくなったアメリカの新左翼系の雑誌「ランパーツ」の記者で、三里塚の農民たちによる成田空港建設反対運動や学生たちのベトナム反戦運動など、日本における反体制運動を取材するためにやってきた。

スティーヴに会う前はアメリカのジャーナリストというから背広にネクタイのエグゼクティヴ・タイプのスクエアな男かと緊張していたが、現われた本人はヒゲをはやしたヒッピー風の青年でお互いにすぐに打ちとけた。年齢は私より二歳ほど下、背はアメリカ人にしては低く私と同じくらいだった。

スティーヴは「週刊朝日」の記者をしていた私からも日本の新左翼運動についての情報を得たいと知人の紹介である日、私のところにやってきた。

それまで私はアメリカ文学やアメリカ映画に慣れ親しんでいたがアメリカ人といっしょに仕

事をしたことはなかったので多少身構えていた。そのころ私はCCR、クリーデンス・クリヤーウォーター・リヴァイヴァルが好きでその日も社の机の上に、近所のレコード屋で買ってきたCCRのレコードを置いていた。それを見たスティーヴは、いきなり「どうだ、オレはジョン・フォガティに似ているだろう?」といった。なるほどヒゲをたくわえた少し小ぶとりのスティーヴはCCRのメンバーの一人、ジョン・フォガティに似ていた。「うん、似ている」と私は答えた。それで彼とは親しくなれそうだと思った。

アメリカの雑誌といっても「ランパーツ」は経済的に豊かな雑誌ではない。取材費もそれほど出ていなかったのだろう、スティーヴにはホテルに滞在するなどという贅沢は許されず、知人から知人へといろんな人間の家に居候を続けての日本滞在だった。私の家にも何度か泊まりにきた。いつも同じコーデュロイのジャケットを着ていた。本当に余分なお金がないらしく「メシを食わせてくれ」と夕食どきにしばしば会社に現われた。といってこちらも新米社員の身でそんなに金があるわけでもない。二人で有楽町のガード下に行っては焼き鳥を頰ばった。

まだ一ドルが三百六十円の時代だった。アメリカは日本から見れば途方もなく豊かな国に見えた時代だった。そのアメリカからやってきたジャーナリストが私のおごりでガード下で焼き鳥を食べている。変ないい方だが、その時、アメリカが非常に近くなったと思った。それまで仰ぎ見ていたアメリカが、急に身近かになったような気がした。ある日、スティーヴが「アメリカから金がこない、少し用立ててくれ」といったときには、「ついこのあいだまであんなに仰ぎ見ていたアメリカ人にオレは金を貸している！」と妙に感動したことを覚えている。一ドル百五十円の時代はこの時すでに予感されていたのかもしれない。

スティーヴは日本に来るのは初めてだった。日本に来ていちばん驚いたことは、若い日本人がアメリカ文化を日常的に受容していることだといった。「ボブ・ディランも『イージー・ライダー』もブラック・パンサーのことも日本でこんなに有名とは知らなかった。私の同僚は、私が会った週刊誌の記者はCCRのファンだといっても信じないだろうね」と私を見てニヤッと笑った。

おそらくシックスティーズのカウンター・カルチャーは日本の若者とアメリカの若者を一気に同次元に結びつけたのだと思う。それまで仰ぎ見ていたアメリカが、ボブ・ディランやCCRの登場によって急速に近づいたのだ。もちろん文化の差は大きかったが、それ以上にカウンター・カルチャーという共通項のほうが強かったのだ。

スティーヴは気さくな人柄で私以上に新左翼の運動家と親しくなっていた。アメリカ人ということでかえって得していた面があったかもしれない。三里塚にもしばしば足を運んでいた。私は「週刊朝日」という〝ブル新〟の記者なので農民たちに警戒されることが多かったが、スティーヴはブラック・パンサーとも親しいニュー・レフトのジャーナリストということで農民たちに人気があった。私のほうが彼に農民の活動家を紹介してもらうこともあった。

スティーヴはまた日本にいるGIたちも取材していた。GIのなかの反戦グループともコンタクトをとっていたようだ。青森の三沢基地にも行っていた。

夜の新宿をいっしょに何度も歩いた。東映のヤクザ映画を見たが、スティーヴはあのドスの暴力は最後まで気味悪がっていた。町で浴衣を着た女性に会うと「あれもヤクザか」と冗談をいった。ある時はGIからマリファナを手に入れていっしょに吸った。雰囲気が大事だと部屋を暗くし、ろうそくをつけ、ストーンズのレコードを聴きながら、煙草状のマリファナを交互に吸った。しかし五分たっても十分たってもそれらしい気持にはならなかった。「クソッ、だまされた！　高いカネを払って手に入れたのに」とスティーヴは怒った。

デモの取材にもいっしょに行った。機動隊が学生たちを暴力的に規制するとスティーヴは本気で怒り出し若い機動隊員とケンカになることもしばしばだった。そのたびにあわてて私がとめに入った。するとスティーヴは私にも「お前は革命的でない！」と怒った。こういうときは本当に困った。

私はそのころデモの取材に少しずつ苦痛を感じ始めていた。大学を卒業してまだ間がない記者にとってはデモ取材は実に複雑な気持にさせられるものだった。ついこのあいだまでは自分は学生としてデモに参加する側にいた。いつ逮捕されるか、逮捕されたら満足に就職もできなくなるのではないかと正直なところびくびくしながらデモの隊列にいた。

ところがひとたび記者という取材する側になると急に身分は完全な第三者になる。記者は取材する側という安全な立場で、悪くいえばデモを高みの見物ができる。もう警察に逮捕される心配はない。「記者」という特権でデモの現場にいて、学生と警察の衝突という決定的瞬間を〝見物〟していられる。なおかつ自分はベトナム反戦デモを取材しているという良心の満足感も得られる。権力の側から特権を保障されながら、気持だけは反権力の側にいる。その矛盾が自分のなかでいっこうに解決されなかった。

目の前で後輩の学生たちが逮捕されてゆくのを何度も目にした。それを写真に撮ったりもした。デモの学生たちから「記者諸君、君たちもベトナム戦争に反対ならデモの隊列に加われ」と呼びかけられ困惑したこともあった。そんな夜は「いやな仕事だな、デモ取材は。芸能人の離婚を追いかけているほうがまだいい」とシニカルを気取って見せたりもした。

七一年の二月、三里塚では第一次強制代執行が始まった。あくまで空港建設に反対し、建設予定地に小屋を作ってたてこもった農民や学生たちに対し、機動隊が導入された。冬の終わりの寒い時だった。この時の取材は本当にこたえた。目の前で農民や学生たちが次々に逮捕されてゆく。それを大勢の報道陣が取り巻いて見ている。私もそのなかにいる。ジャーナリストの大半はその時点で心情的に農民と学生を支持していたと思う。にもかかわらずそのときジャーナリストにできたことはカメラのシャッターを切りメモを取ることだけだった。

農民の子どもたちも抗議運動に参加していた。さすがに機動隊は子どもには手を出さなかったが学校の先生が子どもたちに「あぶないことはやめなさい」と説得しているのを見るのはやりきれなかった。

強制代執行の取材は二月の終わりから三月のはじめにかけて約一週間続いた。記者も近くの旅館に泊まり込み、ほとんどザコ寝のような状態の毎日で、最後のころには肉体的にも疲れが出た。農民たちの抵抗も強権の前には空しく、団結小屋は機動隊の手で次々に解体されていった。最後の日は雨が降っていた。一本だけ残った大きな木の上に、若者が最後までたてこもった。その木を機動隊はロープをかけて切り倒していった。その様子をジャーナリストは無言で遠まきにしてながめていた。本当にやりきれなかった。すべてが終わって雨のなかを先輩の記者たちと宿に帰った。みんな重苦しく黙っていた。

私は「お前は革命的でない！」と怒るスティーヴにそんな体験を話した。心情的に反体制側にいながら、そのなかに入ってゆくことができず、ただながめているだけのジャーナリストのしんどさは、アメリカのジャーナリストにはないのかとスティーヴに聞いてみた。

スティーヴは「ない」と答えた。「なぜなら現場にいて事実を見て伝えることがわれわれのビジネスだからだ」とスティーヴはいった。その「ビジネス」というクールな言葉に私は驚いた。そして、心情的なレベルで小さく逡巡している日本のジャーナリストより、自分の仕事を「ビジネス」と割り切って、見る側に徹するアメリカのジャーナリストのほうがはるかに精神的にタフなのかもしれないと思った。

三里塚闘争の取材の過程ではTBSテレビのメンバーが、農民たちに心情的に共感し〝武器〟を取材用の車で運び、それが発覚し、警察沙汰になるという事件が起きていた。「ああいう状況に置かれたら私だってやっただろうな」と私はそのテレビ局のジャーナリストたちに共感を持った。しかし、それが本来のジャーナリストの仕事ではないことは百も承知していた。

だがその時、ジャーナリストならやはりスティーヴのいうように「ビジネス」に徹するべきなのだろう。ジャーナリストに心の痛みはないのだろうか。「ビジネス」にとって心の痛みは不要なのだろうか。

私はそのときスティーヴに「心の痛み」という言葉をどう英語で表現したらいいかわからなかった。いくつかの言葉を出して説明したらスティーヴはようやく内容をわかってくれ、それは英語では「センス・オブ・ギルティ」というと答えた。「良心の呵責（かしやく）」「罪の意識」と訳したらいいだろうか。

二年ほど前、ローレンス・カスダン監督の『再会の時』を見ていたとき、自殺した友人の葬儀に集まってきたかつての仲間の一人が「親友が死んだのに自分たちはこうして生き残っている。彼だけが苦しんでわれわれは楽しんでいる。なんだか彼に申し訳ない気がする」というセリフをいうとき、この「申し訳ない」を「フィーリング・ギルティ」と表現していた。その「ギルティ（有罪）」という言葉が強烈に印象に残った。アメリカでもやはりシックスティーズは、自分を「ギルティ」と感じ続けているのではないか――私は『再会の時』を見ながら、スティーヴとの十年以上も前の会話を思い出していた。

「もちろんアメリカのジャーナリストだって〝センス・オブ・ギルティ〟の問題は考え続けているさ。しかし、これに立ち入るとセンチメンタルな感情論になりかねない。だからわれわれは心の問題は神にゆだね、事実だけを見るようにしているんだ」

スティーヴの答えは明快だった。

実はアメリカのジャーナリストは日本のジャーナリスト以上に〝センス・オブ・ギルティ〟の問題にさらされていた。いうまでもなくベトナム戦争の取材である。ジャーナリストの目の前で、米兵がベトナム人を殺す。ときには女や子どもまでも。そのときジャーナリストは、まず何よりも殺されようとする人間を助けるべきではないのか。シャッターを押すことより米兵をとめることのほうが先ではないのか。

反戦デモにしてもアメリカでは日本以上に権力側の武力行使にさらされていた。ケント州立大学では反戦デモに参加した学生が殺された。その現場にいたジャーナリストは、シャッターを押すより前に学生たちを助けるべきではなかったのか。

「われわれはその問題は徹底して考えたし議論もしたんだ。その結果、〝センス・オブ・ギルティ〟は神の手にゆだねることにしたんだ」とスティーヴはいった。ニュー・レフトの人間が「神」を持ち出したのには驚いたが、そこがキリスト教文化圏の強さなのかもしれないとも思った。

その後、スティーヴと私は、焼き鳥屋でよく「センス・オブ・ギルティ」について議論した。あまりしつこく私がこの問題をむしかえすので、彼は、ふだんなんでもない原稿が書けずに頭をかかえているだけの私を見ても「またお前は〝センス・オブ・ギルティ〟に悩まされているのか」とからかった。

スティーヴと横須賀のGIがよく集まるバーにいったことがある。三十人も入ればいっぱいになるバーだった。「もうベトナムに行くのはうんざり」という厭戦気分に満ちたGIたちが何人か夜になると集まってきた。彼らは概しておとなしかった。年齢は私などよりずっと若かった。おそらく二十歳ぐらいだったろう。

みんなまだ頬の紅い、少年のような顔をしていた。中西部の出身者が多かった。

彼らにインタビューするうちに私はまたしても一種の「センス・オブ・ギルティ」を感じ始めていた。彼らに「ベトナム戦争をどう思うか?」と質問するのが心苦しくなってきた。彼らはたとえ反戦だったとしても、あるいは厭戦だったとしても、個人の力ではどう抵抗しようもないからベトナム戦争に駆り出されている人間だ。田舎の少年たちにご大層な愛国心やマッチョ的正義感がある筈もない。ビールを二、三本飲んだだけで「国に帰りたい」といい始める純情な子どもたちだ。

彼らに「どうして軍隊に入ったのか?」とか「戦争に反対ならなぜ軍隊をやめないのか?」「なぜ脱走しないのか?」と質問する気にはなれなかった。おまけに彼らは酔うと「お前は日本人で幸せだ。ベトナムに行かなくてすむのだから」というのだから。

私はまた自分が、他人をただ高みの見物しているだけの人間に思えてきた。落ち込んだ私をスティーヴは「よう、ミスター・ギルティ」とからかった。さすがにこのときは私もムキになってスティーヴにつっかかった。「お前だってベトナムに行く心配がないからでかい口がきけるんじゃないか」。つかみ合いのケンカになった私たちのあいだを若いGIたちがとめに入った。バーの中では、ウェイロン・アウトロー・ジェニングスのC&Wががんがんかかっていた。

ジャーナリストの仕事を「ビジネス」と割り切ってしまうスティーヴは、すべてに明快で合理的だった。その点ではニュー・レフトの若者というより、アメリカの合理的なビジネスマンという感じだった。

しかし、スティーヴも弱い男だった。

六九年十一月十六日、当時の首相佐藤栄作が、ベトナム戦争を遂行するアメリカとの協力関係を強化するために訪米することになった。その「佐藤訪米阻止闘争」が新左翼の大きな闘争目標となった。

訪米前日から羽田空港に近い蒲田に新左翼の各セクトが、ヘルメットにゲバ棒の〝戦闘スタイル〟で続々と集まってきた。機動隊も大量に動員された。私はスティーヴといっしょに取材に行った。夜遅くまで、新左翼の各セクトが蒲田から羽田にかけてデモ行進を行なった。

佐藤訪米の当日は朝から冷たい雨が降っていた。早朝からヘルメットとゲバ棒の学生や若い労働者が羽田空港周辺でゲリラ的にデモを展開した。どこでどのセクトが行動を起こしているのかジャーナリストにも情勢がつかみきれなかった。雨のなかを私はスティーヴと学生と機動隊の衝突の現場を求めて蒲田駅周辺を歩きまわった。デモ隊、機動隊、そして関係のない朝のラッシュアワーの通勤のサラリーマンたちで町はごったがえしていた。駅から目蒲線の矢口渡駅に向かった小路で、ヘルメットをかぶった一団と機動隊の衝突の現場に直面した。私は興奮してカメラをかかえて走った。いつのまにか小ぜり合いのなかに巻き込まれた。学生と機動隊の両方からこづかれ殴られた。雨で誰もがずぶ濡れになっていた。

ようやく衝突の輪がとけたときスティーヴの姿が見えなかった。迷子になったのだろうか。心配になってあたりを探すと何人もの男たちに囲まれ殴られているスティーヴが見えた。一瞬何が起こったかわからなかった。しかし男たちの怒号で事態がわかった。スティーヴは私服の刑事に逮捕されそうになっていたのだ。

「この野郎、アメ公のくせに！」「テメエ、三里塚にもいただろう！」刑事たちはスティーヴを口汚くののしってこづきまわしていた。私は必死になって記者の「報道腕章」を振りまわしてその輪に飛び込むと「このアメリカ人はジャーナリストだ！」といってスティーヴを引きはがした。その時、刑事の一人が私たちをにらみつけていった。「テメエら新聞記者のくせに学生の味方しやがって！　いつかしょっぴいてやるからな！」

私たちはどうにかその場を切り抜けたが二人ともショックで青ざめていた。私は、刑事たちがずっとスティーヴに目をつけていたことをはじめて知ってその執念に驚愕していた。自分の判断の甘さが歯がゆかったし、最終的に「報道腕章」の特権を使ってその場を切り抜けたことにも無力感を感じていた。

スティーヴは私以上に青ざめていた。いつもジャーナリストの仕事を「ビジネス」と割り切っていた明るさが無惨にも消え失せていた。「革命的でないジャーナリスト」の私の「特権」に助けられたことが不本意だったという以上に、わけがわからないうちに日本のむきだしの権力のすさまじさに不意撃ちをくらったことがショックだったようだ。それまで彼は「アメリカ人」として誰にも好意を持たれていた。それがはじめて「アメ公」として憎悪の対象になったのだ。そしてその憎悪から逃がれるために、ジャーナリストの特権的立場を使わざるを得なかった……。

私たちはその日はもうそれ以上取材する元気はなかった。冷たい雨のなかを黙って宿に戻った。新左翼の闘争は失敗し、佐藤首相は夫人とともに笑顔で羽田を飛び立っていった。ライバル週刊誌はこの日の事件を「佐藤は行った——羽田は今日も雨だった」と絶妙の見出しで報道した。

私とスティーヴはそのあともう「センス・オブ・ギルティ」を議論する元気もなかった。スティーヴはやがてアメリカに戻った。

取材拒否

一九六九年一月の安田講堂事件のあと学園紛争は高校にまで広がった。その年の三月、都立武蔵丘高校の卒業式にゲバ棒とヘルメット姿の生徒が卒業式粉砕を叫んで式場を占拠し、機動隊が導入された。高校に機動隊が入ったのはこれが初めてだった。

その年の四月、私は朝日新聞社に正式に入社した。着なれない背広にネクタイで入社式に出席した。背広は前年渋谷にできた西武デパートで買った。フィフスウォーカーというブランドだった。ジャズ・ミュージシャンが当時よく着ていた少し丈の短いスーツだった。若くして死んだジョン・コルトレーンが好んで着ていたスーツによく似ていたのでためらわずに買った。

その背広を着てかしこまって入社式に出席した。私は大学、就職と二度浪人しているので新入社員のなかでは年長者だった。大学生や高校生までもが形式的なセレモニーを粉砕する運動を起こしているというのに二十五歳にもなろうとする男が、新調の背広を着て神妙に社長訓辞などを聞いているのは少し恥ずかしかった。

その背広も「週刊朝日」の編集部に配属されてからはほとんど着ることがなくなった。大学紛争やロック・コンサートや街頭デモの取材が多くなったからだ。

武蔵丘高校から始まった高校紛争は他校にも徐々に飛び火していった。東京では日比谷高校で学生たちの造反運動が起こった。

私が高校生だった時代は、高校生の政治運動などほとんどなかった。六〇年安保のとき私は高校一年生だったが、この時、政治意識の高い友人の何人かが国会デモに参加したくらいで、生徒全体を巻き込むような運動はほとんどなかった。

だから急激に波及してゆく高校紛争に強い関心を持った。まだ十代の子どもたちが何を考えているのか知りたかった。「やるな」という驚きもあった。

紛争は東京から地方都市にも拡大した。そのなかに静岡県の掛川西高校があった。それまで掛川という町は意識にのぼったことはなかった。どんな町なのか。その高校でどんな高校生がベトナム反戦運動をしているのか。

興味を持った私はデスクに取材させてほしいと申し入れたがデスクはニュース価値がないと判断した。拒絶されると余計やりたくなる〝反抗期〟にいた私は、五月の連休を利用して一人で勝手に掛川に行った。原稿は無理にしてもともかく高校生にだけは会ってみたいと思った。

しかしそれは甘い判断だった。小さな町で反戦運動をしている高校生たちは東京以上にマスコミに対して警戒心が強く厳しかった。彼らのリーダー格の男の子のアパートで四人ほどの高校生に会った。みんな学校からだけでなく、家からも地域社会からも異端者扱いされていた。身体中を針にしているという感じだった。私に対してもマスコミの新左翼運動に関する報道はおかしいと厳しい言葉で批判した。取材したいという私にも「あなたはベトナム戦争をどう思っているのか」とまず私自身の立場を聞いてきた。当時は「自己否定」という言葉がキー・ワードになったように「まず自分が何を考えているのか、何をしようとしているのか」を明らかにできないとそれから先は一歩も進めない状況だった。

彼らの真剣な問いかけに私は何ひとつ満足に答えられなかった。「僕たちのことを取材するよりマスコミのなかで自分たちの反戦運動をするべきでしょう」と高校生とは思えない鋭い正論を吐かれると黙りこむ他なかった。「結局、僕たちのことを記事に書いて商品にするだけでしょう。僕たちはそんなこと望んでいません」。いまの目立ちたがりの若い世代からは想像もできないことだろうが、当時の造反学生たちはマスコミや資本に対して潔癖なまでに距離をとろうとした。

私はもうそれ以上彼らを説得しようとする気になれなかった。その日は休日だったし、私は記者としてより個人としてきたのだからと仕事は放棄すると彼らに宣言した。それではじめて彼らは打ちとけてくれた。即席ラーメンを作ってくれた。真崎守のマンガのこと、吉本隆明の詩のことを話した。その夜、町内にビラ貼りに行くという彼らにくっついて夜の掛川の町を歩いた。電信柱に高校当局の生徒管理を弾劾するビラを一枚一枚貼っていった。目立たないようになるべくひっそりと暗がりのなかを歩いた。「なんだか子どものときお祭りの紙を貼ったのを思い出すなあ」と一人がいった。

その夜、アパートに泊めてもらい、次の朝東京に帰った。私が経験した最初の「取材拒否」だったが、なんだか気分はよかった。はじめて会う週刊誌の記者にべらべら自分たちのいちばん大事なことを喋ってしまう人間より、「喋りたくない」と口を閉ざしてしまう人間のほうがはるかに素敵に思えた。政治運動のプロパガンダという点では彼らとしても週刊誌に取材協力したほうがよかったのかもしれない。プロの運動家ならおそらく協力しただろう。マスコミを適当に利用しようとしただろう。

しかし掛川の高校生はそれをしなかった。実にういういしくツッパって見せた。運動家としてはアマチュアかもしれないが人間としてはそれでいいと思った。

しかしこの話はどういう経路でか東京のジャーナリストにも伝わることになった。しかもそれは『週刊朝日』の体制的記者が高校生に粉砕された」という内容になった。ある左翼雑誌にそんなゴシップ記事が載った。それを読んだ「朝日ジャーナル」の記者が「これお前のことだろ」とヤユした。当時は出版局のなかで〝反体制的〟な「朝日ジャーナル」の部員が、〝体制的〟な「週刊朝日」の部員を蔑視するという傾向があった。その記者も自分では〝反体制的〟と信じている〝幸福な〟男で「取材拒否」にあった私をごく軽い気持でからかったのだ。カッとした私は、その男を殴った。先輩だったが関係なかった。あの高校生と交した会話のひとつひとつの言葉を知らない人間にからかわれる筋合いはなかった。

外の社会では大学生や高校生たちが危険に身をさらして闘っている。それなのに自分は何をしているのだろう。そんな性急な自虐の想いに当時の私は悩まされていた。掛川の高校生のように私もまた身体中を針のようにしていたのかもしれない。

ケンカばかりしていた。同僚と先輩と。飲むと荒れることが多かった。弱いくせにすぐに手が出た。「そのエネルギーを仕事に使いなさい」と温厚なデスクにさとされた。「やくざ映画の見過ぎだよ」と先輩にからかわれた。あれで本人は高倉健のつもりでいたのだろう。

一度、早稲田の学生と飲んでケンカをしたことがある。掛川の高校生とは逆に自分たちの映画製作活動を記事にしてくれという話だった。私も映画が好きだったから喜んで会った。新宿の飲み屋で飲んだ。そのうち彼らがゴダールやトリュフォーの話を始めた。パリの五月革命の話をはじめた。聞きながらなぜだか無性に腹がたってきた。いちばん大事な話をぺらぺらマスコミの記者なんかに話していいのかよとからんだ。掛川の高校生に比べるとこの大学生たちが調子のいいスレッカラシに見えた。気がついたときはケンカになっていた。相手は三人。逆に袋だたきにあった。あばら骨を折って三日、会社を休んだ。

日比谷高校を停学処分になったM君に会ったのはそのころだった。

日比谷高校の近くの赤坂の喫茶店で会った。造反高校生のたまり場になっていたところだ。

私としてはもう気負わず淡々とビジネスライクに行こうと思っていた。また「取材拒否」にあうのだろうとあらかじめ覚悟していた。ダメになった場合の予備のページのことを考えていた。

しかしM君は実に気さくで快活な男の子だった。都会の高校生らしい洒脱さがあった。会うなり『週刊朝日』に僕のことが載るの。それならグラビアでお願いしますよ」とジョークを飛ばした。思わずその人なつこい笑顔につりこまれた。自虐的な暗い気分におちこんでいた私はその笑顔に救われた。

M君は日本人ばなれした彫りの深い顔立ちをしていた。男の私が見ても高校生なのにセクシーだった。

政治少年というよりどちらかといえば芸術少年だった。そして都会のどまんなかの高校生らしくこの年でもうエピキュリアンだった。ませた男の子だった。家にあまり帰らずに六本木で遊んでいることが多いといった。「お金はどうしているの?」と聞くと「遊ぶのが好きな奥さん連中からおこづかいをもらっている」と平然と答えた。

M君はいい男だからこれはウソではないだろうと思った。二人きりで会うと、彼は、有閑マダムたちの狂態ぶりをことこまかに話してくれた。当時はフリー・セックスという言葉が流行語になったように、性の解放があちこちで見られたから、高校生の男の子と有閑マダムの話もべつだん奇異なことには思われなかった。

あまりにあからさまにセックスの話をするので私が「いいのかよ、そんな話までして、みんな記事にするぞ」というとM君は「どうせウソだと思っているんでしょ」と平然としていた。

ともかく女の子に人気のある男の子でしょっちゅう下級生の女の子といっしょだった。学校を停学処分になり「大学なんか行かない！」と宣言している彼は、名門の日比谷高校のなかでは輝かしいヒーローだったのだと思う。そのうえとびきりの二枚目なのだ。ある時は、女の子と二人で私の部屋に泊まりにきた。夜中私が眠りこんだと思ったらしく二人は派手なセックスを始めた。なんだかアメリカン・ニューシネマの一場面を見ているような気分だった。

私は彼を主人公にして「週刊朝日」に「大学なんて知らないよ」という記事を書いた。いうまでもなくこのタイトルは当時公開された二十三歳のフランスの新鋭ベルトラン・ブリエ監督のシネマ・ヴェリテ『ヒットラーなんか知らないよ』のもじりだった。記事のなかで私は日本にも親の敷いた人生のレールからドロップ・アウトする若者があらわれたと、M君をヒーローにして書いた。

雑誌が刷りあがってそれをM君に見せた。「わあ、すげえ、まるでオレがトリュフォーの映画の主人公みたいだ」とM君はおどけてみせた。「取材拒否」した掛川の高校生以上にM君はしたたかで、大人の世界を知っていた。

この「大学なんて知らないよ」という私の記事は読者の評判が悪かった。「若者に迎合している」「何も知らない子どもたちを無用に挑発している」という読者からの批判の投書が何通か私のところにきた。

M君のような存在は特殊な存在で、彼をあまりに一般化し美化しすぎたのかもしれないと私も反省した。何よりもこたえたのはある主婦からの手紙だった。「この記事を書いた記者が大学をドロップ・アウトした人間なら私は文句をいいません。しかしこの記者が大学を出た人間であるのならこの記事はウソだと思います。私は自分の子どもが大学なんか行きたくないといいだしたら『あなたのお父さんは大学に行けなかったので苦労した。だからあなたは大学に行きなさい』と説得します」

M君のケースは日比谷高校という山の手のお坊っちゃん高校の特殊なケースなのかもしれないと思った。そのころアメリカでも日本でもヒッピーというドロップ・アウターの存在が問題になりはじめていた。ヒッピーの登場に対して「ヒッピー三代目説」という分析がなされた。「アメリカでは一代目は貧しく、必死になってフロンティアを開拓した。二代目はゆとりができて大学教授や芸術家になった。そして三代目になったらヒッピーになってしまった」という説明である。事実どおりではないにしても納得はいった。M君も恵まれた三代目だったのかもしれない。

日比谷高校とならんで東京ではこの年の秋に青山高校でも激しい紛争が起こった。ここも日比谷高校と同じ、東京のなかでは恵まれた中産階級の子どもたちの多い高校だった。バリケードを作った子どもたちのことを心配して夜になると父兄が学校にかけつけた。彼らに取材してみると一流企業の父親が多かった。だからこそ子どもたちは「家族帝国主義粉砕」と反抗した。反抗すべき父親を持っているだけこの子どもたちは幸せかもしれないと思った。同じ時期、葛飾区にある工業高校でも反戦運動が起こった。そこの取材にも行った。隅田川を越えて一歩、下町に入るとそこは日比谷高校や青山高校のある都心とはまったく違う場所だった。総武線の駅のホームに目立つのは「旋盤工募集」「賄い婦募集」の貼り紙だった。親たちを取材に行くと、いちように、中小企業のブルーカラーで「正直なところ、子どもの政治運動のことなどかまっていられない」と汗をぬぐいながらいった。「ベトナムのことより自分たちの生活のほうが大変で……」と申し訳なさそうにいってカルピスを出してくれた。

いっしょに取材に行った先輩の記者は下町の出身だった。二人で取材のあと総武線の小さな駅の駅前の飲み屋に入った。熱燗を何本か飲むうちに先輩の記者は「何がドロップ・アウトだ、何がヒッピーだ。そんなのは経済的に余裕のある連中がやることだ。お前、知っているか、今日、取材したあの工業高校は、卒業して大学に進学できる子なんて半分もいないんだぜ」。いつもならからまれたら殴り返す私もその夜は反論もできなかった。その工業高校の紛争の記事は、次の日、先輩記者が「おれが書く」といってすべてを書いた。あのころ隅田川は公害の最悪期で、鉄橋を走る総武線の電車のなかにいても悪臭がした。先輩記者と駅前の飲み屋で飲んだあと隅田川を渡ったときの悪臭がいまも鮮烈に記憶に残っている。

日比谷高校のM君とはそのあともしばしば会った。学校にはほとんど行っていないという。金がなくなると六本木に行って有閑マダムを探す。賭けマージャンをする。いよいよ金がなくなると山谷に行って土方をする。自ら好んですさんだ生活に入ってゆくようだった。

政治運動からはどんどん離れていった。「組織が嫌いなんだ。自分が縛られるようで」。「中近東に行ってゲリラになりたい」といったかと思うと、「パリに行って絵の勉強をしたい」という。自分のなかの過剰な生のエネルギーを自分でもてあましていたのかもしれない。

一度、造反高校生の座談会というのを企画したことがあった。M君の他に何人か、高校紛争の主役たちに集まってもらい話を聞くことになった。M君の他は、政治意識は先鋭でも、男としてはまだ幼い子どもたちだった。M君は彼らを露骨に馬鹿にした。座談会はめちゃくちゃになった。

その夜、M君は私の部屋に泊まった。酒を飲んだ。レッド・ツェッペリンのレコードを聴いた。ロバート・プラントの声に興奮した。たしか「胸いっぱいの愛を」という曲だった。

M君は、両親が自分の子どものころに離婚したことを話した。父親は別の女性と再婚した。経済的な理由で父親の保護を受けているが本当は母親のほうが好きだといった。ときどき母親に会いに行くけれど、母親が喜び過ぎてしまって、それが照れ臭くて足が遠のいてしまうといった。テレビ中継された安田講堂事件に衝撃を受けた。事件は一月十八日に起きたので自分たちの仲間ではあれを「イッパチ・ショック」と呼んでいる。石を投げている学生に共感した。「ベトナム反戦」も「大学解体」も関係ない。そんなスローガンなんてどうでもいい。ただあのテレビを見ながら僕も石を投げたいと思った。——M君はそんなことを話した。

M君はそのころ下級生の女の子とつきあっていた。やせた植物のような女の子だった。二人でよく私の部屋に遊びに来た。その女の子はM君に完全に心服していた。彼女にとってはM君は危険な魅力を持ったヒーローだった。

M君も彼女といるときだけは素直な、普通の高校生だった。二人で映画を見に行ったり旅行に行ったりしていた。しかしM君はとにかく女の子に人気がある。ときどきM君の行方がわからなくなって彼女は私のところに「彼の居場所、知りませんか?」と電話してきた。私はそれを高校生どうしの可愛らしい恋愛ゲームと思っていた。

あるとき彼女だけが私に会いに来た。会社の近くの喫茶店でコーヒーを飲んだ。彼女はいつになく青い顔をしていた。もともと植物的にやせていた彼女がさらにやせて見えた。彼女は銀座で映画を見た帰りだといった。見たのは日本の青春映画だといった。高校生のカップルが愛し合い、やがて女の子に子どもができる、しかし、若い二人に子どもを育てることは無理だ、それで子どもをおろそうとする、医者に行くお金はない、男の子が女の子のおなかに石をぶつける——そんな映画だといった。

話しているうちに彼女は泣きだしてしまった。その時、気がつくべきだったのだ。彼女が子どもをおろしてしまったことを。

仕事に追われていた私は、彼女をそのまま帰してしまった。M君とも次第に遠のいた。ジャーナリストはある意味で人間的に冷たくなければやっていけない。取材する人間のひとりひとりと本気でつきあっていたりしたら身がもたない。M君のことは一度記事にした。私のなかではそれでもうM君との関係は終わっていた。仕事が終わったあともM君とつきあいつづけることは正直しんどかった。ジャーナリストとしての残酷さだった。あれだけたくましいM君だからべつに私とつきあわなくても生きていけるだろうという安心感もあった。

それから何カ月かたった。二人からほとんど連絡はなくなった。大学紛争の終結と同時に高校紛争も徐々に下火になった。M君のことを記事にしてから一年ぐらいたったとき「その後の高校紛争」という記事でも書こうかと身勝手な気楽さで私はM君に連絡をとろうとした。行方がわからなかった。仕方なく彼の彼女のところに電話した。母親が電話に出た。「娘は入院中です」という答えが返ってきた。盲腸か何かかなと私はまたしても気楽に思った。「どこが悪いんです?」という私の問いに母親はあいまいに言葉をにごして電話を切った。はじめて心配になった私は、日比谷高校の学生を何人かたぐって彼女のことを聞いた。彼女は精神病院に入院していることがわかった。銀座の喫茶店で最後に彼女に会ったとき彼女が「夜中にいつも赤ちゃんの夢を見るんです」といっていたことを思い出した。

彼女もM君も私に何かをいおうとして結局何もいわずに去っていった。私は二人に根底のところで「取材拒否」された。いや、どこかで私が、これ以上、自分の安全をおびやかされたくないと計算して、私のほうが彼らを「拒否」したのかもしれない。そして彼女が私にただの一度も見舞いに来てくれといわなかったのは彼らの最上のやさしさだったのだと思う。

町はときどき美しい

私が住んでいた町、阿佐谷に〝ぽえむ〟という小さな喫茶店があった。山内豊之さんという人の店だった。永島慎二の青春マンガにしばしば登場することで有名になり、あの界隈に住む若者たちのささやかなたまり場になっていた。

永島慎二がヌシのような顔で坐っている。マンガ青年がいる。売れないフォーク歌手がいる。荻窪高校の造反高校生がいる。ベ平連の活動家がいる。

企業が文化に進出する現代から見ればまるで牧歌的としかいいようのない形だったが、狭い喫茶店で詩の朗読会や、フォーク歌手のコンサートが開かれたりした。

〝ぽえむ〟が燃えていたのは一九六〇年代のなかばから後半にかけて、ちょうど、日本の社会全体が、若者の誕生のエネルギーで燃えたっていたころだ。

私はずっと阿佐谷で育った。生まれたのは代々木の参宮橋だが、戦後、阿佐谷に移り、結婚して家を出るまでずっと阿佐谷にいた。阿佐谷オデオン座で映画を見て育った。

〝ぽえむ〟に通うようになったのは、大学生のころからである。私が大学に入学した年は東京オリンピックのあった一九六四年。現在のTOKIOの原点といわれる年である。

このころから町が本当に面白くなった。学校と家の往復から途中下車して新宿に降りて遊ぶことが多くなった。新宿で遊んだ帰りにはよく〝ぽえむ〟に寄った。当時としては珍しく夜遅くまで開いている店だった。

永島慎二の『フーテン』や『漫画家残酷物語』が出版されたのは六七年頃ではなかったろうか。当時もう大学の授業にほとんど顔を出さなくなった私は、永島慎二のマンガにかぶれて、新宿でヒッピーまがいの生活をすることが多くなった。

映画館の開く昼ごろに新宿に出かけて行き、映画のはしごをする。そのころは新宿のアートシアターの全盛期で、ベルイマン、ゴダール、そしてカワレロウィッチやワイダやムンクの一連のポーランド映画を上映していた。あれはトリュフォーの『ピアニストを撃て』のときだったか、休憩時間に、壇上にピアノが持ち出され、本物のピアニストがあらわれて、クラシックの小曲を一、二曲弾いた。しゃれているというか、のんびりしているというか、そんなことがふつうに行なわれていた時代だった。

人と同じように町にも青春時代がある。現在の東京で青春のただなかにあるのは、若い女性があふれている渋谷や青山だが、六〇年代にいちばん燃えていた町は、なんといっても新宿だった。そして、新宿から中央線で五つ目の阿佐谷にも、新宿の熱っぽさが確実に伝わっていた。実際、あの当時、新宿をメインにして起こったアングラ演劇やアングラ芸術の担い手には阿佐谷在住者が多かった。

私の家のすぐ隣はアパートだった。そこにひとりの風変わりな男が住んでいた。昼ごろ私が新宿に〝出勤〟していこうとそのアパートの前を通ると、その男は、ネコを膝に抱いてひなたぼっこをしていたり、フトンを干していたりする。坊主頭で眼光鋭くヒゲをはやしている。容貌魁偉。やくざにしては貧乏書生の暮らしぶり。いつも美人のカミさんに用事をいいつけられているところはヒモふうである。

何者だろうとつねづねいぶかっていた。ある時、花園神社に状況劇場の芝居を見に行った。奇怪な俳優ばかり出ている舞台のなかでもとりわけ目につく個性派がいる。よく見ると……あれっ、隣のアパートの前でいつもネコを膝に抱いてフトンを干している男だった。それが麿赤児という怪優であることをそのときはじめて知った。一九六八年ごろのことである。

それから男の前を通るときに声をかけ、やがて〝近所のお付き合い〟をさせていただいた。ネコの名前が「政五郎」という立派なものであることも知った。夕暮れ、怪優がネコに食事をやろうと遊びに行っているネコを「政五郎、政五郎」と呼ぶのがなんだか内田百閒のエッセイのひとコマのようでおかしかった。

赤瀬川原平もそのころ阿佐谷に住んでいて、よく大衆居酒屋〝たらふく〟でその姿を見かけた。そのころは私はまだ学生だったからそういう有名人にはなかなか近づくことができず、友人たちと近くのテーブルに坐っては「あれが赤瀬川原平だよ」と憧れの視線を向けていた。

永島慎二もおそれ多くて近づけなかった。〝ぽえむ〟は狭い喫茶店だったから、すぐ隣に永島慎二がいるというのに、なかなか声をかけられない。私の甥が永島慎二の子どもと小学校の同級生で、そのあたりを共通の話題にと思うのだが、なんだかPTA会みたいで気分が盛り上がらない。山内さんが「紹介してあげようか」といってくれるのだが、どうしても緊張してしまい「いいです」と日和ってしまう。結局、永島慎二と口がきけるようになるのは、私が「週刊朝日」の記者になってからだった。

山内さんは、昔、松竹かどこかで脚本を書いていたこともあるとかで、映画にもくわしかった。新宿で映画を見た帰り、阿佐谷に戻ってきて〝ぽえむ〟に立ち寄る。そこで山内さんと映画の話をよくした。

私はもうそのころほとんど学校に行かなくなっていた。法学部の学生だったが、法律にほとんど興味がわかず、たまに授業に出てもあくびしか出なかった。よく「大学闘争は授業中のあくびから始まった」というが、あのころの私には、大学よりも新宿の町のほうがずっと面白かった。

映画があった。ジャズがあった。アングラ演劇があった。そしてフーテンやヒッピーと呼ばれる落ちこぼれ仲間がたくさんいた。「COM」で永島慎二の『フーテン』の連載が始まったのは私が大学四年のとき、一九六七年だった。永島慎二のマンガの世界は、もう少し前の六〇年代前半を舞台にしていたが、気分は六七年の時点でも感受できた。

深夜営業のジャズ喫茶にずっとねばって、フーテン仲間たちと早朝の新宿の町に繰り出してゆく。いつもは騒々しい新宿の町が、朝の一瞬だけはとびきり美しい姿を見せてくれる。フランスの詩人の「世界はときどき美しい」という言葉がそんなとき急に生き生きとよみがえったりした。

そのころ新宿の西口、いまの副都心のところは、浄水場になっていて、人間の姿がどこまでも見えない、SF的風景が広がっていた。ジャズ喫茶で夜明かししたあと、眠たい目をこすってフーテン仲間と、この浄水場のところに行き、遠くまで続く茫漠たる風景を見ると、まるで風景のなかに吸い込まれてゆくような気分になった。自分のこと、これから自分がどう生きていったらいいのか、学校を卒業できるのか、どこに就職できるのか、そんな面倒なことが、その一瞬だけは忘れることができた。

当時の〝ジャズの英雄〟ジョン・コルトレーンが死んだのは一九六七年の夏。私が大学四年生のときだ。朝日新聞の就職試験に落ちて就職浪人を余儀なくされていた不安定な時期だったので、コルトレーンの死は、よけいに衝撃的だった。まだ四十代の若さでの死だった。ジャズが好きというよりは、正確には、深夜のねぐらを提供してくれるジャズ喫茶が好きという私より五つも六つも年下のフーテン仲間たちと、コルトレーンの〝葬式〟をやろうと、新宿の西口の浄水場に行った。みんなで『至上の愛』（ア・ラブ・シュプリーム）のレコードを、浄水場の、人の誰も来そうにないところに埋めた。

夏の早い朝、ようやくのぼりかけた朝日のなかを、野犬の群れが浄水場の遠くを走っていたのを憶えている。

友人たちが次々に就職していってしまうのに、自分ひとりが就職浪人している。それがとても心細かった。いまふうに「モラトリアム青年」といえば聞こえはいいが、そのころは、大学を出たらともかく就職するというのが〝まとも〟な青年の人生設計の第一頁だった。

就職も決まらず新宿の町をほっつき歩いているのは肩身の狭いものだった。司法試験を受けようと猛勉強している友人たちとはもうほとんど接点がなくなっていた。ベルイマンといっても、ポランスキーといっても、カワレロウィッチといっても「誰それ？」という法学部の友人たちとは、共通の会話ができなくなっていた。法学部の数少ない女子学生のなかにわりあい可愛い子がいて、その子にあるとき「映画にいっしょに行かないか？」と誘ったら、彼女は信じられないという顔で「あなたって暇なのね」と答えた。彼女は司法試験を目ざして猛勉強中だった。パティ・デュークにちょっと似た彼女は、その後、めでたく司法試験に受かり、弁護士になった。私は精一杯の愛情表現で「君はパティ・デュークによく似ているね」といおうと思ったがやめにした。映画というものをほとんど見たことがない彼女にそんなことをいっても「パティ・デュークって誰？」といわれるに決まっているだろうから。

大学はますます遠くなり、反比例して町が「私の大学」になった。映画とジャズと芝居の生活を繰り返していた。母親は「お前はいったいどうするつもりなの、自分の将来をまじめに考えたことがあるの」と心配した。それを「ウルサイ」と拒絶する強さは私にはなかった。自分でもどうしたらいいのかわからないままに町を漂流していた。ドラッグ中毒と同じように、雑踏中毒というものがあるのだ。夕暮れ時になると雑踏が恋しくなっていて、気がつくと、新宿の町を歩いている。シネマ新宿や新宿ローヤルといった値段の安い映画館にいる。

〝ぽえむ〟の山内さんに、そのころ一度、「オレも喫茶店のおやじさんになりたいなあ」といったら、いつもはやさしい山内さんがそのときばかりは「コーヒー、一杯作るのだって、あんたみたいな遊び気分じゃダメだよ」と怒っていった。

ベトナム戦争が激しくなっていた。日本のマスコミは果敢に反戦キャンペーンを始めていた。とくにフリーランスのカメラマンが次々にベトナムに行き、戦場の生々しい写真を撮ってきて発表していた。そういう仕事を見て、自分もジャーナリズムの仕事に関わりたいと強く思うようになっていた。

それで大学四年の夏に朝日新聞社を受けたのだが、みごとに面接で落ちた。来年もう一度受けて受かるという保証はなかった。いまさら銀行や商事会社には行けなかった。

社会に組み込まれていない人間は誰でも不安感、孤立感にとらわれるものだが、私の場合、「就職浪人」という特殊な状態もあって、いっそう自分ひとりが孤立しているのだと思い込んでいた。

政治意識は強くあったが政治運動とはほとんど縁がなかった。人間関係というものを極力密にすまいと思っている〝気の弱いエゴイスト〟にとっては、政治運動は、自分の私生活に土足で入り込んで来るデリカシーに欠けた強者に思えた。

それでも私が就職浪人を決めた一九六七年の十月八日に起きたいわゆる〝第一次羽田事件〟には衝撃を受けた。当時の佐藤首相が、ベトナム戦争批判の高まるなか、南ベトナムを訪問することになり、それに対し、反代々木系全学連の学生が「佐藤訪ベ阻止」をスローガンに、羽田空港付近でデモを展開、警官隊との衝突のなかで、私と同世代の京大生が死亡したのである。

この事件が学生たちに与えた衝撃は大きかった。「彼は死んだのにお前はそのとき何をしていたのか?」という問いに誰もが悩まされた。いわゆる〝10・8（ジュッパチ）ショック〟である。全共闘世代といわれる世代の人間にとっては、この一九六七年十月八日は、忘れられない〝メモリアル・デー〟になった。ちょうどアメリカのシックスティーズが「ケネディが殺されたとき、君は何をしていたのか？」を世代的〝合言葉〟に使うように日本のシックスティーズにとっては「一九六七年十月八日、京大生の山崎君が死んだとき、君は何をしていたか？」が、共通の重い問いになった。

私はといえば、そのころ、新宿の裏通りでバーテンのアルバイトをしていた。次の就職試験まで一年近くある。学校に行く気はもうしない。といって遊んでばかりもいられない。それで新宿の三越裏にある小さなバーでバーテンをやることにした。名物喫茶店「青蛾」のちょうど前あたりにあった小さなバーである。

そこは昼間は喫茶店だった。きれいなママさんがいた。夜にはバーになった。それで美人の彼女に心ひかれてバーテンに雇われることになったのである。夜になると中年のマスターがあらわれた。それが美人のママさんの御主人だと働き始めたその日に知らされた。彼女となんとか……という私の〝野心〟はその日に消えた。

しかしこの中年のマスターはなかなかの人物だった。新宿のやくざ連中にもかなり顔がきいたようだったし、何よりも酒の知識があった。そのころはまだ珍しかったバーボンにくわしかった。私はこのマスターからはじめてバーボンのソーダ割りというものを教わった。

彼は新宿に来る前は、米軍基地のある横田や立川で店をやっていたようだ。その関係で新宿のその店には、アメリカ兵がよく飲みに来た。ベトナムの戦場で戦った兵隊だった。心がすさんでいて、何かというと仲間どうしでケンカをした。「女が欲しい」という段階はまだ荒れ方も穏やかで、本当にすさんでくるとただ黙々とバーボンをあおった。こういうアメリカ兵は、一見、おとなしそうに見えるだけに、荒れると怖かった。

バーテンとしてはなんとかお客のアメリカ兵にお世辞のひとつもいわなければいけないと、一度「仕事とはいえ、東南アジアに旅行できるなんて羨ましいですヨ」とサービス精神を発揮していった。「アイ・エンヴィ・ユー・ザット・ユー・キャン・トラヴェル……」と、自分としてははじめて「エンヴィ（envy）」という言葉を実地で使えるのでうれしくなってそういったのだが、そのアメリカ兵は、いきなり私に日本語で「バカヤロー」というと、コップを投げつけてきた。

これはもっと殴られると覚悟したが、そのあとは、自分がいましたことをケロッと忘れたように平然とタバコを吸い始めている。その〝落ち着いた狂気〟がなんとも不気味だった。

このアメリカ兵はおそらく「エンヴィ」という言葉を使った私に対し、「お前なんかにベトナムのことがわかってたまるか！」といいたかったのだろう。そして、コップを投げつけた瞬間にそういうのも空しくなって、沈黙に戻ってタバコを吸い始めたのだろう。私よりも若いアメリカ兵だった。

このバーでのバーテンの仕事は三カ月で終わった。アメリカ兵との、有言無言のコミュニケーションに疲れてしまったからである。

アーサー・ペン監督のアメリカン・ニューシネマの第一作『俺たちに明日はない』が日本ではじめて公開されたのは、一九六八年の二月。映画ファンの私はすぐ見に出かけて興奮して帰ってきた。そしてある夜、新宿のバーで、アメリカ兵相手に「『ボニー・アンド・クライド』がよかった」といった。するとアメリカ兵はまた、コップを投げつけてきた。「そんな映画、知るか！　オレは見たこともないぞ！」とほえている。このときはコップをよけきれず、額にぶつかって血が出た。「コノヤロー」と思ったが、相手はデカすぎる。くやしかったが笑顔を見せた。

そんなことが続いて三カ月目で仕事をやめてしまった。はじめの約束とは違うということでアルバイト料は半分くらいにカットされた。ものわかりのいいマスターに見えた男が急に遠い世界の男に見えた。自分とは違う世界があることを見せつけられた思いがした。〝ぽえむ〟の山内さんは「あんたはまだ若いんだよ」「若いということを恥じてはいけないよ」と慰めてくれた。そばで山内さんの奥さんも慰めてくれた。

山内さんの奥さんはとてもきれいな人だった。それは永島慎二のマンガを見てもわかる。いま、こっそり打ち明ければ、私たちがあのころ熱心に〝ぽえむ〟に通っていたのは、本当をいえば、山内さんの奥さんに会いたかったからかもしれない。山内さんとその美しい奥さんとは年齢がかなり離れていて、私たちははじめ彼女は、ウェイトレスだとばかり思っていた。そしてたいがい、彼女を目あてにして〝ぽえむ〟に通っていた客は、ある日、どこからともなく、彼女が山内さんの奥さんだということを知らされて、予想されていたこととはいえ、事実として知らされるとやはりつらいなあという思いを経験するのだった。

そのころ私は、新宿がいろんな意味で生活の場所だった。映画を見、ジャズを聴き、芝居を見た。恋さえもした。そして、新宿で働きもした。

新宿に毎日〝出勤〟していたわけだ。〝ぽえむ〟は、新宿に〝出勤〟しては帰ってくる私のささやかな休憩所だった。終電の中央線で阿佐谷で降り、家に帰る途中〝ぽえむ〟に寄る。山内さんがいつもカウンターの奥にいるのを見ると心が落ち着いた。

世の中は、カウンター・カルチャーだ、ベトナム戦争だ、大学叛乱だ、と荒れてはいるけれど、〝ぽえむ〟に一歩入ると、時代や状況と関係のない、のんびりとした時間が流れている。コーヒーを淹れる白い湯気が、永島慎二のマンガ『陽だまり』のなかの陽光のようにゆったりとゆらいでいる。〝ぽえむ〟のコーヒーがおいしかったかどうかはいまとなってはわからない。しかし、あの〝シュトゥルム・ウント・ドランク〟の時代、〝ぽえむ〟のなかだけには、小さな〝陽だまり〟があったことは確かだ。

それから。

私は朝日新聞社に入社し、三年で退社した。退社したとき、〝ぽえむ〟の山内さんと永島慎二は「辞めてよかったんじゃない」とのんびりといってくれた。その楽天的ないい方が私の救いになった。

それから、それから——、永島慎二があるエッセイで書いているように、山内さんは〝ぽえむのおやじさん〟としてよりも、日本珈琲販売共同機構という会社の社長として、東京の各所に〝ぽえむ〟のチェーン店を持つ実業家として大きく成長した。

文筆業者となった私は、それをあるエッセイで「〝ぽえむのおやじ〟は偉くなってしまった」と書いた。山内さんはそのことをとても気にしていた。「オレはちっとも偉くなってなんかいないよ」と電話で〝抗議〟してきた。「偉くなったんだから偉くなったでいいじゃない」といくら私がいっても彼は自分を否定しようとした。

おそらく山内さんは、あの四畳半一間のような阿佐谷の〝ぽえむ〟を自分の故郷だと思い続けていたのだろう。どんなにチェーン店を増やしても、あの小さな〝ぽえむ〟が自分のいちばん大事な場所だったと思いたかったのだろう。そう思っていたのは、きっと、山内さんだけではなかったと思う。

ベトナムから遠く離れて

一九七〇年の秋、私は「週刊朝日」の取材で青森県の三沢に行くことになった。三沢といえば、夏の甲子園の高校野球で青森県三沢高校の太田幸司が大活躍したのは一九六九年だった。いまから思うと、太田幸司の活躍と東大安田講堂事件が同じ年の出来事というのは何か時代の気分を象徴していたような気がする。強豪の松山商業を相手にたった一人で四時間十六分の試合、延長十八回を投げ抜いたこの孤独なヒーローの姿には、「血と汗と涙」がまだ青春のシンボルたりえていた時代の姿が重なり合っていたように思う。

私が三沢に行ったのは、太田の取材ではなく、三沢にベトナム戦争に反対する若者たちの手で作られた〝反戦スナック〟の取材でだった。

三沢には、日本国内で最大といわれた米軍の空軍基地がある。ベトナム戦争の激化とともに基地の増強が進み、当時四千人を超える米兵が常駐していた。この米兵に向けて反戦運動を展開しようと、七〇年の七月にベ平連が〝反戦スナック〟を開いた。ベ平連は六七年の脱走米兵事件以後、米兵のなかに反戦組織を作る運動を進めていた。板付、岩国、横須賀の三基地で米兵の反戦新聞作りに協力した。そして、次に三沢に〝反戦スナック〟を作った。〝OWL〟(フクロウ)という名前だった。

この〝反戦スナック〟の取材を「週刊朝日」でやることになり、入社二年目の私が三沢に行くことになった。約一週間、〝OWL〟に泊まり込んで取材することになった。編集長が一週間も取材時間をくれたのは、彼が寛大だったからというよりは、入社二年目のたいして〝戦力〟にならない記者など一週間いなくても編集部にとってはちっとも困らないという冷静な判断があったからだろう。

それでも私としては三沢行きに勢い込んでいた。ベトナム戦争と直結している基地の米兵に直接取材できるというので気負いがあった。当時、先輩の記者のなかには直接ベトナムに行き、泥沼の戦場を取材してきた者が何人もいた。生命の危険にさらされながら最前線の写真を撮ってきたフリーのカメラマンが何人もいた。入社して間もない新米の記者にとって彼らは英雄だった。彼らの体験談を聞くたびにジャーナリストの血が騒いだが、正確にはまだジャーナリストともいえない青っぽい私などがベトナムに派遣される筈もなかった。

ベトナム戦争における最大の悲劇といわれるソンミ村虐殺事件が明るみに出たのは前年六九年の十一月だった。事件そのものは六八年の三月に起きた。当初は〝なかった事件〟とされていた。しかし帰還兵の一人が事件の証言をし、国防長官に手紙を出し、調査を要請したことから、〝なかった事件〟は〝たしかにあった事件〟になった。

そして六九年十一月十六日付の「ニューヨーク・タイムズ」紙がソンミ村虐殺事件の事実をスッパ抜いた。アメリカ兵がベトナムの非戦闘員である農民を、女、子どもにいたるまで虐殺した事件は、大仰でなく全世界に衝撃を与えた。

これをきっかけにアメリカ国内でのベトナム反戦運動は、いっそう拡大していった。「反戦」といわないまでも「厭戦」気分がアメリカの各層に広がっていった。

私が三沢の〝反戦スナック〟OWLに行ったのはそんな時期だった。OWLとは「フクロウ」と同時に、軍隊用語のAWOL(Absent Without Leave)、つまり「無許可離隊」のことをさしている。〝米兵よ、夜になったらフクロウのように目をあけて、軍隊から脱走してきなさい〟という呼びかけがこめられている。

三沢に行ったのは十月だった。北の町はすでに冬仕度を始めていた。OWLは三沢基地のゲートの横にへばりつくようにして広がる米兵相手のバー街にあった。ここは朝鮮戦争のころが最盛期だったという。七〇年当時は米兵の数は多くても、ドルの価値が朝鮮戦争のときに比べるとはるかに下落してしまったために、米兵がムダ遣いしなくなり、景気は悪くなっていた。バー街のあちこちに閉店したままの店が目につき、昼間歩くとゴーストタウンのような寂しさがあった。

ＯＷＬはそんな空家になっていたバーを買いとって若者向けに作り替えたものだった。ここに若いべ平連のメンバーがバーテンとして住み込み、米兵と連絡をとっていこうとしていた。彼らは自分たちを「米軍解体作業員」と呼んでいた。

私はＯＷＬに彼らといっしょに住み込ませてもらうことにした。ＯＷＬに常駐しているＭ君とＨ君とは、私と年齢が近いということもあってすぐに親しくなった。開店したてのころはいちおうママさんらしい女性もいたというが、私が行ったときには男二人が客の相手から便所掃除まで汗だくになってやっていた。

Ｍ君は、四年間、アメリカにフルブライトで留学してきたという若者だった。滞米中にベトナム戦争が激化し、アメリカ人の友人が何人も徴兵で戦場に送られるのを見て、留学生だったがこっそりとベトナム反戦運動に参加したという。

「アメリカには日本人の留学生がたくさんいてね、みんなベトナム戦争なんて我関せずと優雅に生活を楽しんでいた。僕は彼らにビラをくばったり、デモに誘ったりしたから、ずいぶん嫌われたなあ」

「それでも僕だってアメリカに行くときは、帰国したら若手の学者としてさっそうと売り出すぞと張りきっていたんだ。それがいつのまにかこんなふうにドロップ・アウトしてしまったんだ」

M君は山羊のようにやさしいヒゲをはやした温厚な青年だった。店のなかで酔った米兵がケンカを始めるとき止めに入るのはいつも彼だった。それでも芯の強いところがあって週刊誌の記者という立場の私には最後まで自分の本名を明かさなかった。

もうひとりのH君もまたドロップ・アウトした若者だった。東京の高校、大学で学生運動をやってきたが、六九年の夏に大学をやめた。それから家を出て、日本列島を渡り鳥のように旅した。福井の田舎で百姓仕事をした、伊豆大島できこりの仕事をした、山谷で土方もした。長距離トラックの運転手をしたこともある。当時の学生運動が生んだひとつの〝はみだし野郎〟の生き方だった。

H君は私が週刊誌の記者であることにもこだわらず、人なつこく自分の生活のことをよく話してくれた。写真にも応じてくれた。その写真があとで「週刊朝日」に載ったとき、彼の高校時代の同級生だという読者が編集部に電話をかけてきて「懐かしかった。あいつは高校時代から自分のことより他人のことに一生懸命になる男だったが、いまこんなことをしているのか。彼によろしくといってくれ」といった。人に好かれる男なんだなと思った。

H君の〝親友〟は、毎日、花を売りにくる六十歳くらいのお婆さんだった。ある日、彼といっしょに彼女の家に遊びに行ってみた。戦後、八戸から三沢にやってきてひとりで生きてきたという。彼女はアメリカからきた何枚ものクリスマス・カードを大事にとっていた。見せてもらうと、朝鮮戦争が終わったあと米兵と結婚しアメリカに渡った日本女性たちから送られたものだった。昔のものだけで新しいカードはなかった。

ＯＷＬは夕方に開店した。開店時間は四時から十二時まで。夕暮れになると基地から米兵たちが酒を飲みにやってくる。

「戦争はごめんだ」「危険なおもちゃは捨ててしまえ」「死がそこまで来ている」——そんなポスターが壁いっぱいに貼られていた。大学のバリケードのなかみたいな雰囲気だった。

やってくる米兵の数は思ったよりも多かった。しかしそれはＯＷＬが反戦運動の拠点であるからというよりも、この店が三沢のバーのなかでは珍しくアメリカのカウンター・カルチャーの雰囲気を持っていたからのようだった。「ここに来ると自分の学生時代の下宿を思い出す」という米兵が多かった。

米兵はみんな若かった。私もカウンターのなかに入ってＭ君やＨ君といっしょにバーテン役をつとめて彼らと話をしたが、みんな私よりも年下だった。

オリバー・ストーン監督のベトナム戦争映画『プラトーン』には、当時、ベトナムの戦場で泥だらけになって戦った米兵は、アメリカの貧しい階層の若者たちばかりだったという現実が描かれているが、三沢の〝反戦スナック〟ＯＷＬにやってくる米兵の多くも、アメリカの中西部のプアホワイトの子どもたちが多かった。黒人もいたし、ズーニー族というネイティヴの青年もいた。大学出はほとんどいなかった。

彼らはロックよりも土臭いカントリー・アンド・ウエスタンを好んだ。『プラトーン』のなかでも前線でマール・ハガードのC&Wを聴く米兵が出てきたが、OWLにやってくる米兵が、リクエストする曲の大半は、C&Wだった。

これは私には新鮮な体験だった。というのも、そのころはアメリカの若い世代はみんなロックのファンだと思い込んでいたからだ。ところがOWLにやってくる米兵はほとんどロックに関心を示さなかった。それどころかうっかりこちらが「ウッドストック」のレコードなど流していると「そんな音楽はやめろ」と怒り出す米兵もいた。階層によって音楽のテイストが違うのだとその時、はじめて知った。

米兵は酒が入るにつれて元気がなくなっていった。みんなもうベトナム戦争にうんざりしていた。ただ除隊の日が来ることばかりを考えていた。といって反戦運動をやろうとする元気のある者もいなかった。OWLにやってきては「厭戦」気分を発散させているだけだった。「そんなに戦争が嫌なら、軍隊をやめればいいじゃないか」といってみると、彼らは「May be (たぶんな)」といってあとは押し黙るだけだった。

それに対してM君もH君も積極的に脱走を働きかけることをしかねていた。なぜなら、現実にベトナムで生きるか死ぬかを迫られているのは彼ら米兵なのであり、とりあえずはベトナム戦争に対しては第三者の立場にいる日本人は、彼らほどの切実な切迫感がないのだから。

その意味で当時の日本のベトナム反戦運動は一種の〝うしろめたさ〟をいや応なく持たされていた。日本人は被害者のベトナムの側に立つこともできないし、といってもちろん加害者のアメリカの側にも与しえない。米兵に「ベトナム戦争反対！」というと「当事者でもないのに余計なことをいうな」「徴兵制の怖さも知らない日本人がオレ達のことに口出しをするな」といった反論がかえってくる。それをさらに反論する気力がこちらになかった。

OWLの米兵も酒に酔うと「お前ら日本人はいいよな、戦争に行かないですむんだから」「お前らはそうやってハッピーにベトナム戦争反対をいっていればいいんだ。しかしそのあいだに戦争で死ぬのはオレたちなんだ」とからんできた。それに反論する言葉が私にはなかった。確かに米兵のいうとおりだった。それまで誇りにしてきた日本国憲法第九条が、そのときばかりはうしろめたいものに思えてならなかった。

それより二年前、アートシアター系の映画館で、フランスの映画人が、南ベトナム解放戦争への連帯意識を表明するものとして製作したドキュメンタリー『ベトナムから遠く離れて』が公開され、私たちの世代にあるインパクトを与えた。ゴダール、アラン・レネ、クロード・ルルーシュといったフランス映画人がベトナム戦争を批判するメッセージをこの映画のなかに織り込んだ。なかでもゴダールの独白は率直だった。ゴダールは、ベトナム戦争を傍観している自分たち西欧の知識人を痛烈に自己批判していた。

「私たちの寛大さでベトナムを侵略することはやめよう。逆に、ベトナムをして私たちを侵略させるべきではないか」

しかし、この映画が私たちの世代にインパクトを与えた理由はそのタイトルそのものにあった。『ベトナムから遠く離れて』。それは、どんなにベトナム戦争に反対しようが、自分たちはしょせん当事者ではない、安全地帯から反対運動をしているだけだという、日本の反戦運動に関わった者が共通して感じたうしろめたい感情を簡潔に衝いている言葉だった。

フリー・カメラマンの中平卓馬がある新聞に書いたこんな言葉を、私は、当時の日記に共感をもって書きとめた。

「現在の日本では戦争反対と叫ぶことがちっとも個人的な決意のいることではない。要するにスペインは遠く、またベトナムはそれ以上に遠いのだ」「〝資本主義を打倒して世界革命を！〟……それらの言葉には、言葉を支えるリアリティが希薄なのだ」

実際、あのころは、ベトナム戦争に反対することは、ひとつのたやすい「正義」だったのだ。だからこそ「正義」をたやすくいいえてしまえる自分たちの立場がうとましく、疑い深いものに思えて仕方なかったのだ。

今日、あのころのことが回想されるとき、しばしば「六〇年代にはまだ正義があった」と美化されて語られるが、それはおそらく間違っている。私たちはたしかにベトナム戦争に心の底から反対した。しかし同時に、私たちは、安全地帯にいながら戦争に反対することの「正義」に、うとましさ、うしろめたさも感じていたのだ。だから「正義」を語れば語るほど、むしろ「沈黙」したいと思うようになっていたのだ。「正義」と「沈黙」はほとんど紙一重だった。OWLのM君もH君も米兵と関わりを持てば持つほど「沈黙」のほうに傾いてしまい、満足に反戦運動ができなくなってしまったのはそのためだと思う。

六九年から七〇年にかけて日本の反体制運動は次第に過激になっていった。爆弾闘争も始まっていた。七〇年の三月には赤軍派による日航機よど号ハイジャック事件が起こっていた。

いまにして思うと、こういう過激な行動への傾斜は、〝世界のあらゆるところで戦争が起きているというのに自分たちだけが安全地帯にいて平和に暮らしているのは耐えられない〟という、うしろめたさに衝き上げられた焦燥感が生んだものではなかったろうか。〝彼らは生きるか死ぬかの危機に直面している。それなのに自分は平和のなかにいる〟。この負い目を断ち切るには自ら過激な行動にダイビングするしかない……。

過激な行動に傾斜してゆくセクトからはベ平連は「なまぬるい」「たやすい平和運動に安住している」という批判をぶつけられていた。M君もH君も充分にそれを知っていた。

一方で過激派からの批判、他方では米兵からの「お前らはいいよな、いくらベトナム戦争反対といったって、ベトナムに送られる心配はないんだから」という批判。両方から挟撃されてM君もH君もずいぶんつらい毎日ではなかったかと思う。

十二時に店を閉めて、三人きりになると、いつもは冷静なM君も、元気なくいった。「オレたちがやっていることといったら、ピースをさかなに米兵に酒を飲ましているだけじゃないのか」

開店して三カ月。たしかに酒はたくさん売った。一日平均七、八千円の売り上げがあるから店はなんとか維持できる。反戦ポスターもたくさん貼った。ビラもくばった。しかしそれだけではないのか。

「厭戦気分の米兵にとっては、音楽が聴けて安い酒が飲めて気がきいたポスターが置いてあるこの店は、ウサ晴しには絶好なんだよな」

OWLは三沢の町のなかでも浮いていた。他所(よそ)からやってきた若い連中が何か人騒がせなことをしているという目で見られていた。H君は個人的なキャラクターで近所のおばさんたちに人気があったが、だからといって彼女たちがOWLの運動に理解を持っているかというとそうでもなかった。

そんなことを考えるとM君もH君も元気がなくなっていった。取材者の私もそんな彼らを見ると元気がなくなってきた。だいいち彼らは少なくとも何かをやっている。それに対してこちらは、ただ同伴者のようなふりをしているだけだ。彼らはずっとこの運動を持続していかなければならないが、私のほうは一週間たてばここを出ていってしまう。当時、私を悩ませ続けていた「取材することのうしろめたさ」がここでもついてまわっていた。

ある日、米兵の何人かが、私に「いいところに連れて行ってやる」という。好奇心にかられて彼らについていった。彼らは、基地の外にアジトのようにして小さなアパートを借りていた。そこに集まっては、マリファナを吸っていた。

彼らは私にもマリファナを吸わせた。車座になってマリファナを回し飲みした。ベトナムやタイから、米兵が運び込んだものだという。

マリファナの力を借りたためか、彼らはいつになく素直で、私に、自分たちのことを話しはじめた。アジア人の顔を見るのが怖いという者がいた。ベトナムの戦場の恐怖のことよりも、基地の生活の単調さをこぼす者がいた。テキサスに残してきた女房が他の男と結婚してしまったといって泣き出す者がいた。日本人の若いやつはベトナムに行かないですむだけでも幸運だという者がいた。

なかに一人、穏やかな表情をした若い米兵がいた。彼はタイに駐留しているうちに仏教徒になったという。「仏教はヒッピーと似ている。どちらも人殺しが嫌いだ」。彼は、兵役が終わったらアメリカに帰らず、タイで暮らすといった。

みんな私よりも若い米兵だった。大学を出ている者は一人もいなかった。

マリファナを吸ったあと、みんな基地に帰っていった。途中、基地のそばの草原で、仏教徒だという米兵が、草原の一画を指さして笑っていった。「お前にだけ、秘密を教えてやろう。あの草のところに実はタイから持ってきた大麻を隠して植えてあるんだ。ほら、あの背の高いのがそうさ。オレが死んだら、あの大麻をお前にやるよ」

米兵は基地に帰っていった。

私はOWLに戻ると、M君やH君と店のあとかたづけをして、おそい夕食をとった。夕食といってもH君がありあわせのもので作った焼き飯だ。OWLの一階の奥は2DKの住居になっていて、三人でそこにうすいふとんを敷いて寝た。2DKというときれいなところのようだが、家はあちこちガタがきていた。風呂場もあるが使いものにならない。冬に向かっている北の町の寒さが身に沁みた。

遠くで、酔っ払った米兵が騒いでいる声が聞こえた。

「あいつら酒ばかり飲んで反戦運動なんてしそうにないけど、やっぱりベトナムなんかに行きたくないんだよな」と暗闇のなかでM君がいった。

現代歌情

七一年五月に「週刊朝日」から「朝日ジャーナル」に移った私は、「現代歌情」というあの雑誌のなかでは柔らかい連載コラムを担当することになった。「現代歌情」というタイトルどおり、それはそのときどきのヒット曲を主題にいろいろなライターに個人的心情を書いてもらうという歌からみた同時代エッセイだった。

いまメモを見ると鶴田浩二「傷だらけの人生」―大和屋竺、CMソング「ガンバラナクッチャ」―東海林さだお、尾崎紀世彦「また逢う日まで」―井上ひさし、北原ミレイ「ざんげの値打ちもない」―鈴木清順……となっている。上の歌がその回のテーマで下がエッセイのライター名である。「ああ、こんな人に原稿を頼んでいたのだなあ」とちょっと懐かしい。

私が「週刊朝日」編集部から「朝日ジャーナル」編集部に移ったのは七一年の五月、二十六歳の時だった。「朝日ジャーナル」回収事件、「週刊朝日」対最高裁事件などマスコミの報道姿勢の根本に関わる大事件が相次いで起こり、朝日新聞の出版局内が大揺れに揺れていたころだった。

当時、新左翼運動に終始共感を持って報道を続けていた出版局内が社内外の権力によって狙い撃ちされてきた感があった。局内では若手編集部員を中心に一種造反運動が起こっていたが次第にその抵抗の力も低減してきていた。新左翼運動自体も四分五裂し、一部の組織だけがより過激な武力闘争に移ろうとしていた。総じて新左翼の冬の時代が始まっていた。

私が「朝日ジャーナル」に移ると同時に、それまで全共闘運動を精力的にフォローしていた意欲的な記者たちがあちこちの部に分散させられた。率直にいえば力を発揮できない仕事に「追いやられた」。外部の読者の目にはそれが「朝日ジャーナル」編集部の解体・敗北に見えた。事実そうだった。大学闘争や三里塚闘争を取材してきた先輩記者たちはほとんど大半が編集部を去った。いや「逐われた」。「朝日ジャーナル」は権力に屈したという見方が一般的だった。それを「屈した」というべきなのか「大新聞社の自己保身のための巧みな軌道修正」というべきなのか、当時もいまも私にはわからない。

いずれにせよ新しい「朝日ジャーナル」編集部はスタートから大きなハンディを背負っていた。社内外から新編集部は一種、第二組合、御用組合視された。おまけに優秀な記者が大量にいなくなっていたので、はたして毎号雑誌が出せるのかどうかという初歩的な懸念もあった。

新しい編集長は人はいい人だったが、およそ同時代的感覚とは縁のない年寄りだった。雑誌作りとも関係のない人で本人も新しい仕事にとまどっているように見えた。こんな編集部で大丈夫なんだろうかという心配が当初からつきまとった。なんだか敗戦処理のピッチャーの心境だった。

それでもいくら自由度の大きい記者とはいえサラリーマンである。その部署を与えられたら誰でも仕事はせざるを得ない。白紙で雑誌を作ることはできない。

しかし働こうとすればするほどかつての「朝日ジャーナル」の愛読者からは〝第二組合〟的に白い目で見られる。前の編集部員からは「お手並み拝見」と冷ややかに見られる。配属された当初は「なんでこんな損な役をやらなければならないのだ」とわが身の不幸を嘆いた。とりあえず時代状況にコミットせずにすむ単行本の編集部に移った同期の友人たちが羨しかった。しかし他方では、記者のプライドというものもあり「なにはともあれ第一線で時代状況と関われるのはいいことなのだ」という喜びもあったことは否定できない。——それやこれやでこの時期は本当に右に左に揺れていた。仕事はしたい、しかし、白い目で見られるのはいやだ……〝第二組合〟と見られるのはいやだ、しかし、仕事はしたい。そのジレンマで毎日、ささくれだった気分になっていた。

そんな時、デスクのI氏から「ともかく仕事を始めよう」と声がかかった。I氏は詩人としても知られる教養ある、図抜けたインテリだった。クラシック音楽の造詣も深い、私の敬愛する先輩記者の一人だった。I氏もまたその時の人事異動で「アサヒグラフ」編集部から「朝日ジャーナル」編集部に移ってきていた。「貧乏クジ」をひいた一人だった。新しい編集部のなかで信頼できたのはこのI氏だけだった。アメリカン・ニューシネマやローリング・ストーンズの話をしても通じるのはこの人だけだった。

だからこの人から「仕事を始めよう」といわれたとき、私はすぐに応じた。敗戦処理でもいい、ともかく仕事をしたいと思った。その「労働意欲」こそ会社側の思うツボだったといわれたら返す言葉はない。しかし週刊誌はともかく毎週作らなければならない。誰かが仕事をしなければならない。それを堂々とサボタージュする「勇気」は私にはなかった。会社に対する抵抗精神が欠けていると批判されたらそのとおりだとしか答えようがない。そういうものだ。

それでいて外では三里塚闘争、ベトナム反戦運動、大学闘争が日々日常的に起こっていた。誰かがそれをカバーしなければならない。いくら弱体化した編集部とはいえ誰かがそれを取材しなければならない。

デスクのI氏と私はその夜、新宿二丁目の小さな飲み屋で会った。私たちの共通の友人であるフリー・カメラマンのA氏が加わった。何か連載のページを考えようというのがその夜のテーマだった。時間がなかった。すぐにもスタートできるコラムが必要だった。I氏も私もどちらかといえば正攻法のコラムはやりたくなかった。編集部内では軟派ものと呼ばれている、時代状況と関係ないコラムをやろうということになった。その選択に私たちのジレンマが消極的な形で反映されていたのかもしれない。

歌でいこうということになった。そのころは「港町ブルース」とか「長崎は今日も雨だった」とか「新宿ブルース」とかの歌謡曲や演歌が日本の歌としては時代の気分をもっともよくあらわしていた。五木寛之が「藤圭子の演歌は怨歌である」という名言を吐いたころだった。歌を通して「冬」に入ろうとしている時代の感情を表現するコラム。タイトルはそのころのヒット曲「知床旅情」の「旅情」にヒントを得て「現代歌情」に決めた。

「歌情か、いい言葉だなあ」とI氏と私はこれから負け戦さに出かけてゆく気分になってその夜は二人とも痛飲した。この夜飲んだ酒場の主人は、その後一九八三年に起きた大韓航空機撃墜事件で不幸にして死去した。この後のそれぞれの人生を考えるとあの夜は本当に負け戦さ、敗戦処理の第一ラウンドになったという気がしないでもない。しかしそれはまた別のストーリーである。

「現代歌情」は六月からスタートした。仕事が始まるとともかく日常的な忙しさに追われて、しんどいジレンマに悩まなくてすむというのが救いだった。それに自分の好きなライターに毎週会えるのはなんといっても楽しかった。

第一回は鶴田浩二の「傷だらけの人生」をとりあげた。その歌はI氏と私の負け戦さに向かう心情を多少意気がって仮託したつもりだった。文章は日活映画の脚本の仕事をよくしていた大和屋竺に頼んだ。急に決まった企画でほとんど時間的余裕がなく、日野市にあった大和屋竺の家に夜に押しかけ徹夜でへばりついて原稿をもらうという無茶なことをした（だからいまでも大和屋竺には頭が上がらない）。

このコラムには写真もつけることになった。いっしょに企画に加わってもらったフリー・カメラマンのA氏にまず鶴田浩二の写真を撮ってもらうことにした。二人で京都の東映撮影所に仁侠映画を撮影中の鶴田浩二の写真を撮りに行った。鶴田浩二は映画のなかのヒーローそのもののように凄味があった。言葉も態度もていねいだったが目が異様に冷たく、鋭く、こっちがうっかりしたことをいうといきなり切られるのではないかという恐怖感があった。付き人たちの雰囲気も迫力があった。『朝日ジャーナル』？　あの左翼雑誌のやつかお前は」と付き人らしい男に凄まれたときは正直こわかった。

私もカメラマンのA氏もその場の異様な雰囲気に呑まれてしまったのか、東京に帰ってきて写真を現像してみたらものの見事に失敗していた。締切りはもう明日に迫っている。いまさら撮り直しなんてできない。仕方なくA氏は新宿の映画館に行き、スクリーンのなかの鶴田浩二にカメラを向けてシャッターを押した。結果としてこれはとてもいい写真になった。

しかしわざわざ京都まで鶴田浩二の写真を撮りに行ったのに、これでは鶴田浩二に対して顔が立たない。仕方なく雑誌が出たときにA氏と二人でそのとき浅草の国際劇場に出ていた鶴田浩二の楽屋にこ、も、酒を持っておわびに行った。怒鳴られても仕方ないと緊張しきって事情を説明したが、鶴田浩二はほとんどわれわれの失敗は気にもとめなかった。さすが大スターと感服した。その夜、デスクのI氏とカメラマンのA氏と三人でまた新宿の居酒屋に集まり「現代歌情」のスタートを祝った。

それからは「現代歌情」は順調に回転していった。嵐山光三郎、井上ひさし、小林信彦といったいまにして思えばそうそうたるメンバーが全面的に協力してくれた。その点では編集者として恵まれていた。ときどきは日大全共闘の秋田明大や、京大全共闘の滝田修といった当時の新左翼の〝有名人〟にも原稿を依頼した。秋田明大は「練鑑ブルース」について書いてくれた。あまりに組合せが出来すぎていてふざけるなと怒られるかと思ったが気やすく引き受けてくれた。滝田修はなんと美川憲一の「おんなの朝」がお気に入りだといってこれをテーマに書いてくれた。あの時代は、こういう巷の歌こそがもっとも時代の奥底の心情に触れるものがあったからだと思う。もちろんまだカラオケなんてない時代だった。

先だって「ディテイル」というアメリカの雑誌が六〇年代の特集をやっていたが、それを読んでいたら「もっとも六〇年代的と思われるレコードを一枚あげて下さい」というアンケートがあった。一番多い答えは、ローレンス・カスダン監督の『再会の時』のサントラ盤だった。なるほどいいセレクションだなと思った。あれにはテンプテーションズの「マイ・ガール」、アレサ・フランクリンの「ナチュラル・ウーマン」、プロコル・ハルムの「青い影」、スリー・ドッグ・ナイトの「ジョイ・トゥ・ザ・ワールド」といったシックスティーズの〝懐メロ〟が入っている。どれもビートルズやストーンズの数々のヒット曲に比べれば名曲とはいえないかもしれないが、一種〝巷の歌〟としてわれわれにも印象に残っている曲だ。時代の心情はこういう〝巷の歌〟にこそ投影されるのではないかと思う。そしてまた六〇年代とは〝巷の歌〟が時代のメタファーになりえていたのだと思う。

日本でもし『再会の時』の歌謡曲版が作られるとしたらどんな〝巷の歌〟が選ばれるだろう。「港町ブルース」「長崎は今日も雨だった」、あるいは「山谷ブルース」「友よ」「ワルシャワ労働歌」などだろうか。

アメリカでウッドストックのロック・フェスティバルが開かれたのは一九六九年の八月。そのドキュメンタリー映画が日本で公開されたのは翌七〇年の七月だった。ちょうど『真夜中のカーボーイ』『イージー・ライダー』『明日に向って撃て!』とアメリカン・ニューシネマが続々と公開されているときだった。四十万人もの人間が集まりながらほとんどトラブルらしいものがなく終わったこの〝ラブ・アンド・ピース〟の大ロック集会は日本のロック・ジェネレーションにも強烈な印象を与え〝日本でもウッドストックを！〟がひとつの夢になった。

その夢は一年後、七一年の八月、〝中津川フォーク・ジャンボリー〟という形で実現された。岐阜県の中津川にある椛の湖周辺が会場にあてられた。〝和製ウッドストック〟として大々的に宣伝された。「朝日ジャーナル」でも「現代歌情」の番外篇としてその野外音楽祭をとりあげることになり、私は、その年の四月に入社したばかりの後輩のM君と取材に出かけた。

当時の日記を見ると八月七日と八日にわたっている。暑いさなかだった。山の中とはいえ真夏で狭い会場に二万人以上の若者が集まったのですごい熱気だった。岡林信康、かまやつひろし、吉田拓郎、ブルース・クリエーション、日野皓正といった人気ミュージシャンがぞくぞくとやってきて野外ステージで演奏した。

昼間は暑いので演奏はない。日がかげってから始まる。長時間待たされていたので聴衆の熱狂はいやでも激しくなる。前の晩、神奈川から来たという高校生が泥のような湖で泳いでいるうちに足をとられて溺死した。その死体が昼間ようやくあがった。ジーパンをはいたままの溺死体だった。急を聞いてかけつけた母親が死体にとりついて「まだ死んでいないわ、生きているわ」と大声で泣いた。みんなその姿を押し黙って遠くから見守っていた。その瞬間だけ会場じゅうがシーンと静まりかえった。

昼間そういう事件があったため、その夜の会場は当初から異様な雰囲気だった。日野皓正が演奏するころから場内は騒然となってきた。「こんな音楽やめてしまえ！」「フォークもロックも資本に汚された！」といった抗議の声があちこちで出始めた。みんな何かにいらだっていた。自分たちがやっていることはウッドストックとは似ても似つかないものだ、自分たちには本当のロックも本当のベトナム反戦運動もない、それなのにウッドストックの猿真似をしている。その恥ずかしさにみんながいらだっていた。聴衆だけでなくおそらくミュージシャン自身も。

　女性ジャズ・シンガー安田南が舞台にあらわれたころには会場内はもう収拾がつかないほど混乱していた。荒れていた。あちこちで何か怒号が起こっていた。インターナショナルを歌い出すグループがいた。ステージに駆けあがって「粉砕！　粉砕！」とデモを始めるグループがいた。気の強い安田南がデモ隊に向かって「テメエら甘ったれるんじゃねえよ！」とタンカを切った。

　みんなが何かに憑かれていた。他人に怒るというより自分に怒っていた。安田講堂も落ちた。日大全共闘も敗退した。三里塚では強制代執行が行なわれた。「若者の叛乱」はいたるところで後退戦を強いられていた。それなのに何がロック・フェスティバルだ、ウッドストックだ。そんな気分が私にもあった。

　夜の十時ごろだったろうか、会場は混乱の極に達し、ついに主催者は音楽集会の中止宣言をした。それでまた混乱が拡大した。しかしそのころには私はもうこの音楽集会は中止になったほうがいい、失敗こそ意義があると思うようになってきた。ロックは、ベトナム戦争体験のなかで生まれ育ってきたアメリカの若い世代の音楽だ。生ぬるい日常のなかに生きているわれわれにはロックのよさはわかりはしないのだ……。

集会は中止になった。私はそれから会場の若い世代を何人も取材してまわった。「中止をどう思うか?」「ロックをどう思うか?」、いや最後は「全共闘運動をどう思うか?」「君はなぜバリケードにいないでこんなところにいるのか?」と挑発した。「お前こそこんなところで何をしているんだ。『朝日ジャーナル』なんてもう体制側の雑誌じゃないか」と彼らは私に喰ってかかってきた。お互いに興奮して怒鳴り合った。おそらく私は日常的な仕事場でのプレッシャー、第二組合視されるジレンマのしんどさを若い世代にぶつけていたのだろう。

こんな状態が夜中まで続いた。しかし午前三時ごろになるとさすがにみんな疲れてきて混乱はぽつんぽつんと自然におさまり始めた。みんなマットや寝袋で眠り始めた。私もそろそろ山の下の宿に帰ろうとした。その時、サブステージで突然演奏を始めるグループがいた。もはや混乱も怒号もなかった。大多数の観客は眠りこけていた。わずかにまだ元気のある若者たちがそのステージの下に集まり始めていた。少数のいわば選ばれた者たちに向かってそのグループはエキサイティングに、しかし、同時に冷静に演奏を続けた。凄いグループだなと感激して私は彼らのステージを見続けた。それははっぴいえんどだった。

「そらをせんそうで汚す国　そっからきたコーラにしがみつく　みかんいろしたヒッピーちゃん　それがどうしようもないおれたち」

はっぴいえんどのその歌が、会場全体をおおっている気分にいちばん合っていた。彼らの歌を背中で聞きながら私と後輩のM君は夜明けの道を下って会場を去った。

「現代歌情」はそれからも続いた。

「東京流れ者」—鈴木清順、「私の城下町」—草森紳一、「はぐれ町」—嵐山光三郎、「涙から明日へ」—井上ひさし。

日常的な仕事はますますしんどくなってきた。新左翼運動はより過激に、武力闘争化していた。その取材をしようと思ったら記者も危険を冒さなければならないという緊迫した状況が生まれつつあった。どこまで彼らに「コミット」できるかという問いを毎日自分に突きつけていなければならなかった。

そんな緊張が続いていたので逆に「現代歌情」の仕事はひとつの救いになった。その仕事のあいだは、全共闘運動も三里塚運動もしばらく忘れることができた。〝中津川フォーク・ジャンボリー〟のステージで若い男たちを「甘ったれるんじゃねえよ！」と怒鳴りつけた女性ジャズ・シンガー安田南のことが強烈に印象に残っていたので彼女に原稿を頼みにいった。はじめジャズのスタンダード・ナンバーについて書いてもらおうと思ったが、二人で話しているうちにビートルズの「ハロー・グッドバイ」にすることにした。ビートルズは前年に解散していた。「グッドバイ」とか「別れ」が時代の気分に合っていた。「現代歌情」にとりあげる歌も気がついたら「別れ」の歌が多かった。「また逢う日まで」「おんなの朝」「港の別れ唄」……。

そして数カ月後には私自身が「朝日ジャーナル」編集部と「別れ」ることになった。

逮捕までI

取材の過程で知り合った男が殺人事件をひき起こした。警察はまだ犯人が誰だかまったくわかっていない。しかし自分は知っている。しかも事件後、犯人に会いインタビューまでした。この場合、ジャーナリストは犯人を警察に通報すべきなのか。

いうまでもなくジャーナリストには「取材源の秘匿」「取材上の秘密は絶対に外部にもらさない」という不文律のモラルがある。医者や弁護士のモラルと同じで、べつに法律に定められているわけではないが、それを破ったらジャーナリストの生命を失う重要な職業上の規則である。「取材源の秘匿」という大原則があるから、取材される側はジャーナリストにたとえば内部告発という形で重要な情報を話すことができ、その結果として「報道」というもの、さらには「言論」「自由」が確立される。

しかしジャーナリストもまた一市民である。犯罪を知ったらそれを警察に通報するのは市民の義務である。

ジャーナリストとしてはあくまでも犯人を秘匿するのか、それとも市民として犯人を警察に通報すべきなのか。

二十七歳の時、「朝日ジャーナル」の記者として直面した事件――それは結局、私にとって生涯忘れられないだろう事件になるのだが――はまさにこのジャーナリストとしてのモラルに関わるものだった。

しかも、事件が単なる殺人事件ではなく、思想犯による政治行動だったことが事態をより複雑に、深刻にした。

その男――Kに会ったのは一九七一年の二月、「週刊朝日」の編集部にいたときだった。

東大安田講堂事件から二年がたっていた。よど号ハイジャック事件、万国博、三島由紀夫の割腹事件、そしてビートルズの解散。どれも一年前の事件だった。その興奮が続いていたが、ただ誰もが自分のなかにある「血のたぎり」のような熱気をどう御したらいいのかわからなくなっている時代だった。エネルギーは出口を失い、内へ内へとこもってゆく。どこかの海辺の〝なぎ〟のような雰囲気の時代だった。じっとしているだけで汗が出てくる。それを思いきって発散させることができない。ただその生暖かい汗に耐えるしかない。

全共闘運動は大きく後退し、大学生のあいだには、苦く白々しい日常が広がっていた。

その年の二月、栃木県真岡市で京浜安保共闘のメンバー三人が銃砲店を襲撃し、猟銃二挺と散弾一五〇〇発を強奪するという事件が起きた。赤軍派によるよど号乗っ取り事件以後先鋭的な政治集団は、大衆行動から、より直接的な武力行動へと活動形態を変えつつあった。三里塚では農民たちによる空港建設反対運動が激化していた。六〇年代後半から起こった反体制運動は、次第に、ベ平連に代表される穏やかな市民運動と、赤軍派に代表される先鋭的な直接行動へと両極分解していた。その中間に厖大な、「消耗」「沈黙」してゆく複雑な層があった。

ジャーナリストも次第に「見ている」だけの安全地帯にはいられなくなった。直接行動をとるグループを取材するときには、ジャーナリストのほうも無傷ではいられなくなっていた。取材対象の側の直接行動にある程度、コミットせざるを得ないようなきつい状況が生まれていた。成田空港建設反対運動の取材では、TBSテレビのジャーナリストたちが農民たちの〝武器〟を取材車で運ぶという〝便宜〟をはかったことが明るみに出て、「ジャーナリストはどこまで相手側にコミットしうるのか」が、反体制運動を取材するジャーナリストの日常の課題になっていた。

私などよりずっと上の先輩記者たちは、六〇年安保の時、警官の警棒に殴られ、傷だらけの学生たちを取材の車で病院に運んだ経験を話した。しかし、それはまだ「人道上の」という大義名分が立つ、いい状況だった。ある意味では牧歌的な時代だった。

状況はもっと厳しくなっていた。たとえば〝過激派〟を取材した時、彼らに取材協力費を渡したらそれは刑法上の罪に問われるのか。警察に追われている〝過激派〟とコンタクトをとったらどうなのか。彼らを一泊、家に泊めて話を聞いた場合はどうなのか。

政治活動が先鋭化すればするほどそれをフォローするジャーナリストも、自ら危険に身をさらさなければならなくなっていた。

二月に栃木県真岡市で京浜安保共闘による銃砲店襲撃事件が起きた直後、「週刊朝日」編集部に、京浜安保共闘のメンバーと名乗るKという男から「独占インタビューをどうか」という電話があった。彼らの目的は、マスコミを〝利用〟しての宣伝活動にあるようだった。

そのKと名乗る男と電話で応対したのは、当時、「週刊朝日」で新左翼運動全般をカバーしていたN記者だった。その時点では私はまだN記者とKとの交渉のことを知らなかった。いや私だけではなく「週刊朝日」の部内でも編集長と一部のデスクしか知らない、一種の秘密事項だった。

ある日、N記者は私を喫茶店に誘った。そして隅の席で、私に事情をあらまし話したあと、Kの取材に協力して欲しいといった。私はまだ入社して三年目の若造である。それがこういう大きな事件を担当できる。それだけで興奮した。

それにN記者は、当時、私の憧れの記者だった。私より年齢は三つほど上。ずばぬけて頭が切れ、仕事がよくできた。六〇年安保当時の学生運動のリーダーたちとも交流があり、どこか崩れたインテリのダンディズムを持っていた。私はN記者の言葉に喜んで従った。日頃、憧れていた先輩記者が大事な仕事をする時のパートナーに自分を選んでくれたことが誇らしくもあった。それまでいわゆる〝過激派〟の取材をしたことがなかったので興奮もした。なんといえばいいのか、「血」が騒いだ。

N記者は、そのKという男とインタビューする段取りを作った。会う場所が問題だった。Kは警察に追われている身だから目立つところでは嫌だという。いろいろ考えた末、私はN記者に、私の家ではどうかと提案した。当時、私の家は阿佐谷にあった。私の部屋はちょっと離れのような感じになっていて外部からとざされていた。他人の目を気にする心配はなかった。Kとのインタビューの場所は私の部屋でということになった。その夜、私は一人で部屋で待っていた。八時ごろだったろうか、N記者は、Kを連れて私の部屋に来た。

若い男だった。年は私より下で、日大の学生だという。しかしプライベートなことはいっさい聞かないでくれという。

それで私たちはすぐにインタビューにかかった。N記者がほとんど質問した。私はそれをそばでメモしていた。「京浜安保共闘の政治目的は?」「奪った武器は何に使用するのか?」「赤軍派との関係は?」N記者は用意してきた質問を約一時間くらいにわたってした。Kは、すべての質問に淀みなく答えた。マスコミずれしているなと一瞬いぶかるほどの淀みのなさだった。インタビューが終わったあと、しばらく当たりさわりのないお喋りをしてKはN記者と帰っていった。

翌朝、私はN記者に呼ばれた。二人でまた会社の近くの喫茶店に行った。隅の席で私たちは〝密談〟をするように、昨日のことを話した。

「あいつ、信頼できるか?」とN記者は単刀直入に聞いた。

私は「できる」と答えた。N記者は「武器強奪を企てるような大胆な連中が、マスコミのインタビューに応じるようなスタンド・プレイをするだろうか?」と、Kにいくぶん疑いを持っていた。もしかしたらKは、警察のスパイではないか。あるいは、他のセクトから京浜安保共闘の名をかたって〝利〟を得ようとしているのではないか。N記者は、政治活動の担当記者らしく、慎重だった。

私のほうが判断は甘かった。私がKを「信頼」したのは二つ理由があった。どちらも小さなことだったが、妙に私の心に残ったのである。

ひとつは、インタビューが終わったあとKが私の本箱を見わたして、「あっ、この本、私も大好きな本なんです」と一冊の本を手にしたことだった。中村稔の『宮沢賢治論』だった。私は〝過激派〟のメンバーが宮沢賢治を好きなのかと、その組合せの意外性に驚いた。「宮沢賢治が好きなんですか?」と聞くとKは「『銀河鉄道の夜』は大好きです」と答えた。

その時、この男に瞬間、親近感を持った。

そのあと、もうひとつやはり小さなことだが意外なことがあった。当時、私は〝ボブ・ディラン世代〟の一人としてギターを弾いていた。部屋の片隅に置いてあった私のギターを見つけるとKは「弾いていいですか?」といった。〝過激派〟がギターを弾くのかと私はまた意外に思ってギターをKに渡した。

Kがその時弾いた曲がまた意外だった。日本のフォークソングでも弾くのかと思ったら違った。彼はクリーデンス・クリヤーウォーター・リヴァイヴァル(CCR)の「雨を見たかい」を弾いたのである。英語の歌詞を歌いながら。

宮沢賢治とCCR――この二つで私はKを信頼してしまった。

N記者はKとのインタビューのあと本当に彼が京浜安保共闘のメンバーなのかどうか、〝裏をとる〟ために多方面に取材していた。そうだという確証もなかったがそうでないという反証もなかった。N記者はKとのインタビュー記事を書き、それはかなり大きな扱いで「週刊朝日」に載った。それがKとの関わりの始まりだった。

自分の喋ったことが記事になったので「信頼」されたと思ったのだろう、Kはそれからよく私のところに電話をしてきては「会いたい」といった。

はじめは会社の近くの喫茶店で会った。「いま公安に尾行されている」とか「右翼に狙われている」とかいっては大仰に心配そうなそぶりを見せた。「ピストルが手に入った。これをこんどの4・28沖縄デーのときに使うんだ」といったこともある。

私のほうからKに連絡をとる方法はなかった。連絡先を教えてくれというと、「マスコミにそんなことは教えられない」といって決して明かそうとしない。それでいてKのほうからはよく編集部あてに「近くまで来ているので会いたい」と電話がかかってくる。会ってみると大した用事ではない。〝取材協力費〟が欲しいだけの様子で、暗に断ると、そんな話はなかったことにしようという感じで席を立って消えてしまう。

「どうもあいつは京浜安保共闘ではなかったらしい」とN記者が苦い顔でいったのは五月ころだった。新左翼の関係者にいろいろあたったところ、誰もKという男を知らないといったという。「少し距離を置いてつきあったほうがいい」とN記者は私にいった。

ただその時点で私はまだ宮沢賢治とCCRにこだわっていた。Kはたしかにいかがわしい男だが、もしかしたら、新しい独立のセクトのメンバーではないのか。あるいはアナーキストか。

何度目かに喫茶店でKに会ったとき私は思い切って「君は本当に京浜安保共闘のメンバーな

のか。そうではないという情報も入っているんだが」と聞いてみた。Kは私の質問に動じることなく、「あのあと内部対立があって私は京浜安保共闘を離れたんだ。厳しい査問があった。あなたなんかにはとてもわからないだろう、あの厳しさは。一時は殺されるかと思った」

私はその話を半信半疑で聞いていた。そのあと、取材で知り合った日大全共闘の活動家のTに、Kのことを聞いてみた。Kは日大全共闘で活動していたといったからだ。Tはそんな男は知らないという。「最近は日大全共闘を名乗る妙な連中が多いから気をつけたほうがいい」とTはいった。

Kに対する不信感が強まっていたとき、小さなことだが、その不信感を薄めることがあった。ある日、またKから編集部の私のところに電話があって「近くまで来ているから会いたい」といってきた。私は多少警戒しながら、いつもの喫茶店でKに会った。その時は、政治的な話はほとんどなかった。

Kは昨日、新宿でとてもいい映画を見たという。思わず釣り込まれ、何の映画だと聞いた。高倉健か鶴田浩二主演の東映のやくざ映画かと思ったらそうではなかった。アメリカン・ニューシネマの『真夜中のカーボーイ』だった。そして彼はこんなことを言った。

「あの映画のなかでダスティン・ホフマンが『アイム・スケアド』(私はこわい)『アイム・スケアド』というところがある。そこがすごくよかった。僕も直接行動をしようと思うとき、とてもこわくなるんだ。『こわい』『こわい』って思う」

そういっている時のKにはいつもの得体の知れないいかがわしさはなかった。私はもう少しKとつきあってみようと思った。本当にいかがわしい男なら、いっそその不可解な内部をのぞいてみたいと思った。

その日、Kを酒に誘ってみた。Kは意外とあっさりと応じた。そのころよく通っていた阿佐谷の小さな飲み屋で、その夜、私はKと飲んだ。Kはさかんにロシアのテロリストたちの話をした。自分で自分をヒロイックな立場に置こうとしていた。そうやって自分の「こわい」という気持を捨て切り、行動へ行動へと自分を追いつめているのかもしれないと私は思った。

「CCRの『雨を見たかい』をギターで弾いたけれど、ロックが好きなのか?」

「はじめは政治少年じゃなくてロック少年だった。ビートルズやストーンズのような有名なグループより、CCRみたいなグループのほうが好きだ」

ジミ・ヘンドリックスが死んだのは一年前だった。ジャニス・ジョプリンも死んだ。ドアーズのジム・モリソンも七月に死んだばかりだった。

「でもCCRは絶対に死なないという安心感があるな。彼らはどこか土につながっている安定さがあるから」

私もそのころCCRが大好きだったので、その夜は政治の話よりロックの話をした。

五月に朝日新聞の出版局のなかでは大きな人事異動があった。大まかにいえば、それまで局内で新左翼運動にシンパシーを持っていた記者の多くが現場からはずされるという人事だった。とりわけ、それまで一貫して全共闘運動や三里塚の農民運動を支持してきた「朝日ジャーナル」編集部の記者たちが異動の対象になった。

私はこのとき「週刊朝日」から「朝日ジャーナル」に移った。通常の時ならこの異動を喜んだかもしれないが、なんとも時期が悪かった。

「朝日ジャーナル」の新しい編集部は、それまでの戦力が10とすれば5くらいに弱体化していた。社の上層部はこの際、「朝日ジャーナル」をつぶそうとしているのではないかと思われるほどの〝根こそぎ〟人事異動だったのだ。

新しい編集長は年もいっていたし、週刊誌の編集長が務まるような時代感覚を持った人ではなかった。デスクたちも各部から集められた、いかにも急造デスクといった感じでチームワークがとれていなかった。そして部員は私のようなまだ経験の浅い記者か、年寄りだった。誰もが内心では〝とんでもないところに来てしまった〟と思っていた。これで雑誌が出るのだろうか。また作れたとしてそれまでのような活気ある内容のあるものを作れるのだろうか。

しかしともかくこの弱体化した編集部で走り出す他なかった。N記者はこの時の異動で「週刊朝日」の編集部から図書編集部に移っていた。第一線の現場をはずされたのである。新しい「朝日ジャーナル」の編集部で私が信頼できたのは、デスクのI氏だけだった。I氏は詩人として知られ、また、音楽、映画、演劇など幅広い教養を持つインテリだった。事件記者的な荒っぽい記者が多い社内では一人だけきわだっていた教養人だった。私は主としてI氏と組んで仕事をするようになった。

この五月の人事異動のあと出版局内には一種、投げやりなシラケた気分が広まった。それまで全共闘運動や三里塚の空港反対運動を取材してきた記者たちは、現場をはずされたあと次第に内向化していった。「もう政治運動の取材はいやだ」と温泉や釣りの取材をはじめる記者もいた。

そんななかで「朝日ジャーナル」の新しい編集部だけが孤立していた。それまでの編集方針からいっても雑誌の性格からいっても、まさか芸能記事や旅の記事に流れるわけにはいかない。弱体ながらもやはりこれまでどおり新左翼運動をフォローしなければならなかった。

その役割は主として私になった。入社してようやく三年目の人間には荷が重かったが、新編集部には私ぐらいしか新左翼運動の取材ができる部員はいなかった。

新編集部に移ってから「週刊朝日」の時以上にデモや政治集会の取材が多くなった。「週刊朝日」の時はN記者をはじめ先輩たちがそうした取材をカバーしてくれていたので、私はマンガとかロックとか演劇とか当時さかんになってきていたサブカルチャーの取材を楽しむことができた。

しかしこんどは上がいなくなってしまったので、いままで以上に政治活動をフォローしなければならなかった。大きな仕事ができるという満足感はたしかにあったが、同時に、編集部内に一体感がまったくないなかで反体制運動を取材することに不安もあった。編集長はほとんど決断力がない人だった。デスクたちはI氏をのぞいては、新左翼運動の苦手な人ばかりだった。

そして反体制運動そのものが過激化していた。全共闘運動というのはまだ大学のなかの運動だったし、暴力といってもヘルメットとゲバ棒くらいだった。それも一種対抗暴力といったものだった。だからジャーナリストの側が彼らにシンパシーを持ち、取材の過程で彼らにコミットしても、まだそれほどの危険はなかった。

しかし七〇年三月の赤軍派のよど号ハイジャック事件以来、先鋭的な政治セクトは学内から学外へ、大衆行動から武力闘争へとより過激になってきていた。「爆弾闘争」という言葉も日常的に使われるようになっていた。彼らを取材すればするほどジャーナリストの側にも危険はましてきた。それは全共闘運動の取材にともなう危険の比ではなかった。

そのころ出版局の記者たちがよく集まった銀座の飲み屋で、私は前の「朝日ジャーナル」の編集部員たちと口論をした。彼らから見れば私は、自分たちの古き良き雑誌をダメにしている新参者だった。旧編集部と新編集部——そんな差などたまたま上層部の人事異動でできただけのものなのに妙なしこりが残っていた。旧編集部員としては第一線の仕事を奪われたという不満もあった。それで飲み屋でよく口論になった。「お前たち、新しい雑誌をどうするんだ。まじめに三里塚を取材しろよ！」と旧編集部員にいわれると私もカッとなって「いまどんどん状況がきつくなっているんだ。昔みたいな牧歌的な時代とは違うんだ」とやりかえした。

編集部の私の席の隣りにはSという五十歳くらいの編集委員がいた。S氏は古代エジプト文化の専門家で著書がいくつもあった。出世コースに乗って管理職になるよりは、自分の好きな仕事だけをしていたいという学者タイプの人だった。社内人事などにはほとんど関心がない、清潔な人柄だった。一度、S氏と二人だけで喫茶店で話をした。氏はこんどは南太平洋の小さな島々に取材しに行くといった。毎日毎日、全共闘だ、三里塚闘争だと熱くなっている人間の隣りにはこんな人もいる。なんだか、S氏が羨ましくなった。時代や状況と関係なく、古代の歴史を研究している氏が、とても貴重な存在に思えた。政治運動ばかりフォローしている自分が卑小に見えた。——それでも私にはそれが当面の仕事だった。

そのころN記者を通じて京大全共闘のヒーロー的存在である滝田修と知り合った。土本典昭監督が彼を主人公に作ったドキュメンタリー『パルチザン前史』が当時評判を呼び、滝田修は新左翼の有名人だった。

硬派の活動家というイメージが強かったので会う前は少し緊張したが、会ってみると思った以上に気さくな人間だった。東大全共闘の山本義隆が学者タイプだとすれば滝田修は豪傑タイプだった。よく酒を飲み、冗談をいい、酔うと蛮声放歌した。まわりに人がたくさんいる喫茶店で大声で「爆弾闘争の可能性」など論じたりするのでこちらがハラハラした。関西弁なのでよけい気さくな感じがした。その「理論」というより、彼の「人柄」にひかれた。

滝田修と親しくなったあと、滝田の口からKの名前が出た。あいつは何か大きいことをしようとしている。よくわからないやつだが自分でセクトを作ろうとしている。

滝田はKのことをそんなふうに話した。彼もまたKの人格に疑いを持っていたようだが、その豪放な性格から、来るものは拒まずといった感じでKを信頼しようとしていた。

この滝田修とKとの関係の密度がのちに裁判で大きな焦点になるのだが、私はいまでも検察が主張するように滝田がKに事件を指導したとは思っていない。滝田はその親分的性格から行動を起こしたKをかばってやろうとは思ったかもしれないが、Kといっしょに事件を起こそうとするほどKのことを信頼はしていなかった。だいいち滝田には自分自身の活動があった。のちに埼玉県警は「滝田―K」の共犯関係を強調し滝田を指名手配するのだが、私はいまでもそれには疑問だ。ただ滝田のあの気さくな人柄が裏目に出て、なんの警戒もなくいった言葉の端々がのちに「証拠」として利用されてしまったということはあるかもしれない。彼は「革命的警戒心」がなかったと批判されれば、それはそうだったと認める他ない。

Kが何か大きな事件を起こしそうだという話がN記者からも入ってきた。武力闘争だという。私は以前、Kと阿佐谷の飲み屋で飲んだ時、Kに「もしことを起こすようなことがあったら取材させてくれ」といっていた。その点では私は「野心的」ジャーナリストだった。やはり大きな仕事がしたいというジャーナリストの「野心」にとらわれていた。それを否定したらウソになる。入社三年目の私はもう決してナイーヴな新人記者ではなかった。武力闘争の取材は危険がともなうが、それだからいっそう刺激的な記事がとれるという「打算」もあった。

Kから「朝日ジャーナル」編集部の私のところに電話があったのは八月に入ってからだった。「会いたい」という。それまでは会っても具体的な話になることはなかった。しかし今度は違った。喫茶店の隅で彼は、「赤衛軍」という武力闘争組織を作った、自衛隊のある基地を襲撃して武器を奪う計画があるといった。

話が具体的だったので私はさすがに緊張した。それまでKに対して抱いていた「何か正体不明の男」という不信感が消えた。私は、その話が本当なら、決行前の準備状況をまず取材させてくれと勢い込んでいった。その時はともかくこの話を記事にしたいというジャーナリスト根性にとらわれていた。Kは自分の一存では決められない、仲間と相談してから返事をするといった。私はなんとしても取材をしたいと強くいった。この段階では、気乗りのしないKを私のほうが説得するという形だった。Kは数日後に私に電話するといって雑踏のなかに消えた。

暑い季節だった。藤田敏八監督の『八月の濡れた砂』が話題になっていた。映画のなかの海辺の淀んだような〝なぎ〟の空気が、時代の気分に合っていた。

八月のなかば。Kから電話があった。武力闘争の準備品を今夜見せるという。Kは本気なのだなと思った。大きな記事がとれるかもしれないという期待と、危険な領域に一歩入り込んでしまったという不安で私は高ぶった気持になった。この段階では私はまだデスクに相談しなかった。自分の単独な判断でKが指定したアジトに行くことにした。

その夜、新宿西口の小さな喫茶店でKと待ち合わせた。そしてすぐにタクシーでアジトに向かった。世田谷区のごみごみした住宅街のなかの木造二階建てのアパートだった。Kはそこの一室に私を案内した。三畳ほどの狭い部屋だった。真夏だというのに雨戸を閉めきり部屋のなかはムッとするような暑さだった。裸電球に照らされた薄暗い部屋のなかにいるのはKと私だけだった。私たちはほとんど喋らなかった。

Kは無表情で事務的に、準備していたものを私に見せた。「赤衛軍」という名前の入ったヘルメット。戦闘宣言のビラ。そして一本の真新しい包丁。私は武力闘争というからもっとすごい〝武器〟を準備しているのかと思ったので一本の包丁が出てきた時は一瞬、拍子抜けした。しかし裸電球の下に、Kがその包丁を持って立った時は、薄気味悪かった。そして、この、町の刃物屋やデパートに行けばいくらでも手に入る一本の包丁が結局は殺人事件の凶器となった。私はKの許可を得て、裸電球の下で包丁とヘルメットとビラを自分のカメラで撮影した。部屋のなかにいたのは三十分くらいだったろうか。外に出た時、私はKに「どこで何をやるのか？」と聞いた。Kは自衛隊の基地を襲って武器を奪う、それも近いうちにといった。

Kのアジトに行ったあとさすがにいろいろな意味で不安になってきた。Kに対する判断も自信が持てなくなっていた。彼は本気なのだろうか。もし本気ならその準備段階をどうして私にだけ見せたのだろうか。ジャーナリズムの「ニュース・ソースの秘匿」のモラルを新左翼の行動派が素朴に信じることがあるのだろうか。それならKはまたスタンド・プレイをしただけなのか。「赤衛軍」というこれまで聞いたことのない組織の実体はなんなのか。

自分ひとりきりでこの取材を切り抜けることに不安を感じた私は、新聞で新左翼運動をずっとフォローしていた社会部のT記者に相談をした。T記者は私より五つほど年上の、力量ある記者だった。私はこれまでT記者とは高校紛争などをいっしょに取材したこともあり、気心も知れていた。N記者とは違う、新聞独自の情報網からKについて何か知っているかもしれないと思った。

会社の近くの喫茶店でT記者に会った。T記者もKについての情報は持っていなかった。私とT記者は、今度Kに会う時はいっしょに会うことに決めた。その日、私はかなり興奮していたのだろう、大きな声で、Kのアジトにいったこと、包丁を見せられたことなどを話した。T記者は厳しい表情で「喫茶店でそんな話を大きな声でするな。新聞記者にだって公安の尾行がついているかもしれないんだぞ」と私に注意した。T記者のほうが経験が深いだけ、そういうことに慎重だった。私はT記者のきつい顔つきで、自分はいよいよ厳しい仕事に足を踏み入れたのだなと改めて自覚した。

それから二、三日は何もなかった。私は通常のコラムの仕事などで忙しかった。そして八月二十一日がきた。暑い、土曜日の夜だった。

深夜、私の部屋に突然電話がかかってきた。Kからだった。Kの声は異様に興奮していた。「やった、やった」。公衆電話からのようだった。「いま、朝霞の自衛隊基地を襲撃してきた」「兵隊が死んだかもしれない」「武器はとれなかった」。私は、とうとう来るべきときが来たと思った。Kは本当の活動家だったのだ。正体不明の男と各セクトから不信の目で見られていたが、彼なりに行動を起こしたのだ。私はKに、こうなった以上、君にきちんとインタビューしたい、時間と場所を指定してくれといった。Kはこの段階ではわからないから、明日、会社に電話を入れるといって電話を切った。

それでも私はこの段階ではまだ、Kが本当に行動を起こしたのかどうか若干の疑いがあった。深夜だったが私は社会部に電話を入れた。T記者が当直だった。朝霞のほうで何か事件があったかどうか私は聞いた。そんなニュースは何も入っていないとT記者は答えた。事件はあったのかなかったのか。Kは本当に行動に出たのかどうか。確かな情報がわからないまま一夜が明けた。

翌日の日曜日、昼のNHKテレビのニュースは、埼玉県の朝霞基地で自衛官が刺殺されたという事件を大きく報道した。陸上自衛隊朝霞基地に、武器強奪を目的に「赤衛軍」と名乗る過激派が侵入し、パトロール中の自衛官が一人刺殺された。Kは本当にやったのだ。昨夜の興奮した声は本当だったのだ。

すぐに会社に行った。日曜日だったので局内にはほとんど人がいなかった。「朝日ジャーナル」の編集部には誰もいなかった。期待と不安で私はKからの電話を待った。二時間ほど待ったろうか、Kから電話があった。私はKと明日、築地のある旅館で会うことに決めた。

その段階で、デスクに相談しなければと思った。それまではずっと単独行動をしてきた。しかし実際に事件が起こった以上、上司の許可を得なければ、これから先の、かなり〝ヤバイ〟取材は続けられない。

自衛官殺人事件を起こした過激派との単独インタビュー。たしかに記事としてはセンセーショナルだが、全共闘運動や三里塚の農民運動に比べれば世論の支持は得られない。現にテレビのニュースでも過激派の行動を厳しく批判している。過激派は社会のなかの〝異物〟として排除されつつある。そこからくる孤立感が過激派をさらに先鋭的な行動に走らせている。

なんとも時期が悪かった。「朝日ジャーナル」の編集部内自体も、急造編集部でこういう〝ヤバイ〟記事を載せるだけの体制ができていない。といってこのままKとの連絡を断つのもジャーナリストとしての「意地」を失う。それと私のなかには、準備段階まで私に見せてくれたKに対して一種の〝借り〟ができたという気持があった。Kはともかく私を彼なりに「信頼」して、決行前の段階で取材に応じた。凶器やヘルメットの写真まで撮らせた。

それに対して〝借り〟ができたのだ。Kに思想的に共鳴するとかその行動にシンパシーを感じるといったレベルとは違う、もう少し感情的なレベルで、私は取材者として取材対象者のKに負い目を持ってしまった。

その「負い目」の感情が私の判断をより〝ヤバイ〟方向へと向けた。この段階ではもう私の心理のなかでは「理性」よりも「感情」が勝っていた。「アイム・スケアド」といったKは、いかがわしい男かもしれないがあるジャンプはした。そのKが彼の側の一方的な事情からとはいえ私を「信頼」して、計画の一端をもらした。Kがそこまでした以上、ここで私が、「記事にするのはやめた」といって仕事から降りてしまったら私は「日和った」ことになる。

Kとのインタビューをするべきか。もうここで手を引くか。

迷いに迷ったあと、インタビューをすることに決めた。そしてその許可を得ようと、日曜日の夜だったが、デスクのなかではいちばん信頼していたI氏の家にいった。

I氏は、この取材に消極的だった。社会全体の状況が悪すぎる、そして、編集部内の状況も悪すぎる。いまここで殺人事件を起こした過激派との独占インタビューなど記事にしたら、「朝日ジャーナル」はやっぱり「アカイ　アカイ　アサヒだ」ということになる。

I氏はなんとか私にKに会うことを止めさせようとした。私は感情的になっていて「ここまで来た以上、もう戻れない」ということだけを主張した。私はこんなことも思っていた――全共闘運動が起こった時、彼らにまず共感し、そして言葉は悪いが、彼らを「扇動」したのは「朝日ジャーナル」編集部ではなかったのか。

その全共闘運動がいまは学内から学外へ、大衆運動から直接行動へと先鋭化し、そしてそれゆえに孤立化している。その時、「朝日ジャーナル」編集部は、もう彼らのことは知らないと見捨てていいのか。彼らが孤立化している時こそ、彼らの主張を聞くべきではないのか。

いや、その時はそんなふうに整然とI氏に反論したわけではない。ただ、自分で自分を追いつめようとしていただけなのかもしれない。それにKとは昼の電話で明日、もう会う約束をしてしまっている。いまさら「逃げる」ことはできない。

進むべきか、ここで降りるか。私とI氏はかなり激しく口論をした。詩人で、温厚なインテリであるI氏は、興奮した私をもてあましているようだった。結局、I氏は記事として誌面に載せるかどうかはペンディングにしたまま、明日、私がKに会うことだけは許可してくれた。別れ際、I氏は「君のことが心配だから私は反対しているんだ。社会部のT記者と事前に連絡をとっているのなら、なるべく一人ではなくT記者といっしょにKに会ってくれ」といった。I氏は本当に、その時点で、〝情に走った〟私のことを心配してくれていたのだ、と思う。そしてモーツァルトやバッハを愛していたI氏は、私が、過激派と〝心中〟することをなんとか阻止しようとしてくれたのだ、と思う。

しかし私はI氏の、その好意を振り切って走り出していた。自分の心の奥底にある自己破滅的な狂気が外にあらわれてきたのかもしれない。

Kとはまず築地の旅館で会った。私が単独でインタビューした。「赤衛軍とは?」「こんどの事件の目的は?」「思想的背景は?」……私はあらかじめ用意しておいた質問をKにした。この段階ではお互いに興奮していて取材はうまくいかなかった。私は、Ｋに、社会部のＴ記者がやはりインタビューをしたがっている、私とＴ記者と二人で、このあと別に取材させてもらえないかといった。Ｋは取材費を別々に払うならとこれに応じた。

このあとＫは、私に、自衛官の腕から奪ってきた警衛腕章を見せた。それは〝貴重な〟事件の証拠品だった。

Ｋと私の最初の接触は二月の京浜安保共闘の栃木県真岡市での銃砲店強奪事件の時だった。Ｋは自分は京浜安保共闘のメンバーだといってＮ記者と私に会った。しかしそれはあとでウソだったということがわかった。それ以来、私はＫと会い続けていたが、もはやＫのことは信頼できなくなっていた。ただＫと会い続けていたのは、Ｋのいかがわしさの正体をのぞいてみたいという好奇心からだった。

ところがそのいかがわしい筈のＫが、本当に直接行動を起こした。いったいこの男は何者なのか。私はそこを取材したかった。「赤衛軍」そのものより、ウソと本当がごちゃまぜになってしまっているＫという不可解な人間の心のなかを解剖してみたかった。大仰にいえばＫに対して、文学的興味を感じていた。ウソをつく一方では、ＣＣＲをギターでみごとに弾いてみせる。宮沢賢治が愛読書だという。『真夜中のカーボーイ』のダスティン・ホフマンの「アイム・スケアド」に共感したという。

誰もKの過去を知らない。どこの生まれなのか、本当はどこの大学を出たのか。いまどこに住んでいるのか。

いったいKという男は何者なのだろう。私は「赤衛軍」という組織のことよりも本当はK自身のことを聞きたかったが、この段階ではそれはできなかった。

Kは京浜安保共闘の件で私をだました。こんどももしかしたらまた「赤衛軍」を名乗っているだけなのかもしれない。またウソをいっているのかもしれない。私はこんどははっきりとKにいった。「朝霞事件を起こしたのは君だという証拠を見せてくれ」

それに答えてKが見せたのが、基地から奪ってきたという警衛腕章と自衛官のズボンだった。私はそれでこんどばかりはKが本当に行動を起こしたのだと信じた。

私はその警衛腕章の写真を撮った。そのあと、これを〝取材の証拠〟としてもらえないかといった。なにしろKにはジャーナリストをだましたという〝前歴〟がある。彼とのインタビューを記事にする時、当然、編集部内では「またガセネタではないか」という疑問が起こる。その疑問を解消するためには、Kが確かに行動を起こしたという〝証拠〟がいる。それで私は、警衛腕章とズボンを私が手に入れることに固執した。Kにしてみれば、警衛腕章とズボンは〝犯行の証拠〟であり、そんなものを持ったままで東京の町を歩くことはできない。Kはむしろ〝厄介払い〟するという感じで警衛腕章とズボンを私に渡した。

結果としてこの警衛腕章とズボンが、私の命取りになった。Kからこのとき受け取った警衛腕章とズボンをのちに友人を通じて処分してしまったことが、立派に刑法一〇四条の「証憑湮滅罪」に該当してしまったのである。

もちろんこの時点ではそんなことは考えもしなかった。むしろ〝取材の証拠〟になる重要な物件を手に入れたことで満足していた。それになによりも、この警衛腕章の存在によって、Kが本当に事件の主犯であることが確認できたことに満足していた。これで前の時のように〝ガセネタ〟である心配はなくなった。

現場に置かれていたというビラも、私が前もって世田谷のアジトで見たビラと同じものだった。Kが事件に関わったことはほとんど間違いなかった。

夕方、社会部のT記者がインタビューに加わることになった。同じ場所で続行するのは危険が多い。T記者は、青山にある自分の家でどうかと提案してきた。T記者は独身でマンションに一人暮らししている。いろんな人間が出入りしている旅館よりは安全だと判断して私はKをT記者の青山のマンションに、車で移動させた。

築地から青山まで、交差点ごとに見かける警官の視線が全部こちらに向いているような気がしてどきどきした。もしここでKが尾行されていて逮捕されたら、私も、「犯人蔵匿罪」でたちどころに逮捕される。取材のためという理由も法律上の免責事項にはならない。さすがにこの時は緊張した。

　実は私は二年前にも似たような〝ヤバイ〟取材に加わったことがあった。指名手配中の東大全共闘議長・山本義隆にひそかに会った時である。この時は「週刊朝日」当時のN記者の仕事だった。私はN記者のアシスタントをつとめた。

　あるアジトに隠れている山本義隆をひそかに車に乗せて、彼の次の行動予定地である、全共闘の全国集会が開かれる日比谷野外音楽堂まで運ぶ仕事である。法律上からいってこれは立派な犯罪行為である。刑法上の罪に問われて警察に追われている〝犯人〟と接触したばかりか、彼の行動の便宜を図るのだから、「逃走援助」であり「犯人蔵匿」である。

　N記者と私はあえてこの危険を冒した。六九年当時は、まだそういう危険が冒せる状況があったし、山本義隆は何よりも全共闘運動の英雄だった。N記者と私は、時代の英雄に加担することに誇らしい気持さえいだいていた。

　N記者と私は、山本義隆を都内のあるアジトから連れ出し、用意していたハイヤーに乗せ、日比谷公園に運んだ。このときも、もし途中で検問に会ったらどうしようと緊張しきっていた。私は助手席に乗った。山本義隆はうしろの席に乗った。ミラーで見た山本義隆がやはり緊張のために手を小さく震わせているのが強烈に印象に残った。

　築地から青山のT記者のマンションへ、ハイヤーでKを運びながら、私は、二年前の〝違法行為〟のとき以上に緊張していた。運転手がミラーのなかの私を見たら、身体中が震えているのがわかったかもしれない。

山本義隆の場合は、まだしも刑法上の罪は軽かった。殺人とはなんの関係もない。純然たる思想犯である。しかしこんどは違う。Kは殺人に関わった。その「逃走援助」（刑法一〇〇条）ということになれば私もただではすまないだろう。しかも東大全共闘の場合は、世論も同情的だったが「赤衛軍」などという聞いたこともない弱い組織には誰も同情はしないだろう。車のなかで私もKも緊張しきっていた。

青山のT記者のマンションではT記者がインタビューの用意をしていた。Kは社会部記者に会うことにはじめは抵抗感を持っていたようだが、T記者の人なつこい表情を見て少し安心したようだった。T記者は社内で〝ヒッピー記者〟と異名をとっていた名物記者だった。警察回りの記者とはタイプが違っていた。マンガやアングラ演劇などのサブカルチャーに独特の触覚を働かせられる新しいタイプの社会部記者だった。三十歳を過ぎていたが独身で、自由奔放な私生活を楽しんでいた。

Kは T記者の個性にすぐにうちとけたようだった。さっきまでの緊張が解けて、「活動家」というより「二十代の若者」という顔があらわれた。

その機をのがさずT記者は、次々にKに質問していった。「赤衛軍というのはどういう組織なのか？　どういうメンバーが加わっているのか？」「なぜ朝霞の自衛隊基地を狙ったのか？」「襲撃の模様を具体的に話してほしい」

その時のKの答えで印象的だったのは、何度か三島由紀夫の名前が出たことだった。三島由紀夫が市ヶ谷の自衛隊基地で衝撃的な自殺をした時、「新左翼は三島由紀夫に負けた」といったのは滝田修だったが、Kもまたこの時、同じようなことをいった。「われわれはこんどの決起でようやく三島由紀夫に追いついた」

「三島は自分を殺しただけで他人は殺さなかった。『赤衛軍』は、いわば行きずりの自衛官を殺しただけではないのか」と私は聞いた。

「われわれは自分自身を『狂気』に追い込んでいる。大衆から見て『狂気』と見える行動に自分を追い込むことでわれわれは自分自身を『正気』に近づけてゆく」とKは、私の質問を突き放すようにして答えた。

この時のKとのやりとりはいま、記憶をもとにして書いているのではない。その時のメモをもとにして書いている。当時はまだテープ取材が一般化していなかったのでテープがないのは残念だが、私のメモは、のちに私自身の裁判の時に証拠として採用されたものである。

インタビューは一時間ほど続いたろうか。私などよりはるかに〝修羅場を踏んでいる〟T記者の取材だけに、築地の旅館での私の取材よりもはるかに、深く、スリリングなインタビューになった。そばで聞いていながらこれなら「社会面のトップになるな」と私は、商売っ気を出していた。T記者にいいところばっかり書かれてしまっては、私のほうが「朝日ジャーナル」で書くことがなくなるな、などとその時点ではのんきなことを考えていた。

インタビューのあと、私とT記者はそれぞれに、別にKに取材費という名目で万単位の金を渡した。それは厳密にいえば刑法上「逃走援助」に触れる行為だった。しかし、この時点では、私もT記者も、ここまで深く〝犯罪〟にコミットしたらもうきれいな手に戻ることはできないと覚悟していた。

その夜、Kをどこに泊めるかが次の問題になった。

築地の旅館に戻ることはもう無理だ。私はKを私の家に連れて帰ろうとした。それを見てT記者は「それくらいなら、私のところに泊まっていい」といった。いうまでもなくこの時点でKを家に泊めることは、あとで発覚すれば立派な「犯人蔵匿罪」「逃走援助罪」に相当する犯罪である。いくらジャーナリストとはいえ、法の適用を免れることはできない。

T記者がKを自分のマンションに泊めようといい出したのは、経験不足の後輩の私がKを自分の家に泊めて、これ以上私が〝ヤバイ〟ことになるのを防ごうという、先輩としての思いやりだったと思う。私は、T記者のやさしさに甘えることにした。KをT記者のマンションに残して、一人で家に帰った。

ここ二日間にわたる、二十代の人間にはあまりにきつすぎる出来事の連続に私はくたくたに疲れ切っていた。

取材はそれなりにうまくいった。デスクのI氏の意向にそって、社会部のT記者の応援も得ることができた。

問題は、Kとの独占インタビューが「朝日ジャーナル」の記事になるかどうかだった。

一夜明けて月曜日、私は会社にいった。しかし、事態は思わぬ方向に発展していた。

私が会社に着くや、T記者が青ざめた表情で「内密の話がある」といってきた。私はT記者と社内の、人の来ない会議室に行った。T記者の話の内容は、簡潔にいうと、「警察にKのことを通報せざるを得ない」ということだった。

——T記者は、Kとのインタビューを新聞の記事にしようと、社会部のしかるべき上司に相談した。

その結果、今回の「自衛官殺害事件」は「政治犯の起こした事件」ではなく「一般の殺人事件」と上司は判断した。ついては、「ニュース・ソースの秘匿」の原則もこの事件には適用されない。T記者は、すみやかにKがこの事件の犯人であることを警察に通報すべしというのが上司の判断だった。

——「それであなた自身はどう判断したんですか?」と私はT記者に聞いた。「残念ながら上司の判断に従わざるを得ない」とT記者は、苦しい顔でいった。

ここで私もT記者も、「ニュース・ソースの秘匿」というモラルを守るジャーナリストであるべきか、それとも、「犯人は警察に通報すべし」という市民の立場をとるべきかの二者択一の立場に立たされた。

常識的にいえば市民の立場に立ったほうが楽だった。

しかし、そうしたら、少なくともジャーナリストを「信頼」したKを裏切ることになるのではないか。たしかにKはいかがわしい男かもしれない。殺人犯かもしれない。しかし、少なくともKは、われわれを「裏切らない」と思ったから取材に応じたのだ。それならこちらもKを「裏切らない」のがふつうの人間関係のルールではないのか。

私はT記者にそう抗弁した。たしかにいろいろな意味で私のほうが判断が甘かったことはあとで判明した。しかしジャーナリストの原則としては私の判断、つまり、「Kのことを警察に通報すべきではない」という判断はいまでも間違ったものではなかった、と私は思っている。

Kはたしかにいかがわしい男だ。しかしそれなりに彼は「思想犯」なのだ。しかも彼はわれわれがジャーナリストであり、ジャーナリストであるからには「ニュース・ソースの秘匿」という最低限のモラルを守ると信じたからこそ、私およびT記者の取材に応じた筈である。

それをKは「社会的な悪人」であるからと今になって認定して、警察に〝売る〟ことはKに対する純然たる裏切り行為である。

私はそういってT記者に反論した。しかしT記者の気持は一夜にしてもう変わっていた。

「世論はもうわれわれに味方しない」「Kは全共闘の山本義隆とは〝タマ〟が違う。山本義隆なら世論も彼に同情的だった。しかし、Kに対しては、誰ももう味方しないだろう。彼はただの〝人殺し〟だ。それをかばったらわれわれも〝人殺し〟の仲間にされてしまう」

T記者の言い分も説得力があった。おそらく彼のいうとおりだろう。

山本義隆はなんといっても東大のエリートだ。エリートが自らエリートの地位を捨てて反体制運動に走った。しかも山本義隆の行動は、大学の学内に限られていた。学外の一般市民にとっては山本義隆は、とりあえず〝自分の身に危険をおよぼさない人間〟だった。だから山本義隆に対する人気は高まった。

それに比べてKはどうだろう。

山本義隆のようなエリートに比べれば、Kは〝どこのだれともわからない馬の骨〟である。

K？ そんな名前、聞いたこともない。大学はどこ？ 出身は？

そんな男が自衛隊の基地に入り込み、なんの罪もない自衛官を殺害した。

世論がはたしてKに味方するだろうか。

「Kは山本義隆とは違う」。そのT記者のひとことを私はいまでも憶えている。その時、私は、なんというのかKのことが「かわいそう」になった。

Kはそれまでもずっと「ペテン師」「スパイ」「三流の活動家」といわれ続けてきた。もし彼が、東大全共闘のメンバーであったなら、彼もあんなふうに自分で自分を偽ることはしなかったかもしれない。もし、彼が、〝由緒正しい〟人間だったら、新左翼のなかでもそれなりの地位を得たかもしれない。たとえば、同じような過激派といっても滝田修のことは、いまでも誰も悪くいったりはしない。それは彼がなんといっても「京大」の出身だからではないのだろうか。それに対してKは、たしかにK自身の出自のいかがわしさのために悪くいわれ続けている。

もしKが「東大」だったら。「京大」だったら。それを考えると私は、Kを一方的に悪人と決めつけることはできないと思った。そういう「余計な考慮」が、Kのような人間を甘やかしているのだといわれたら反論のしようはないのだが。

ともかく――T記者は、Kを「思想犯」とは認めないという立場をとった。ということはただちに、警察に行って、Kのことを通報するということである。もちろんT記者も、他人を警察に通報することに「うしろめたさ」は持ったろうが、それをしないとこんどは自分が「犯人援助」で逮捕されかねない。

T記者は、私に最後に「君も社会部の判断に従ったほうがいい」といった。

私は、先輩であるT記者に「あなたを軽蔑する」といった。Kは、いやな人間かもしれないが、少なくともあの時点で、われわれを「信頼」したんだ。それならば、われわれだってその「信頼」に応えるのが人間としての最低のモラルではないか。

しかし私の反論は、T記者には通じなかった。

「君は甘いよ。ジャーナリストのモラルが通用できるような状況ではないよ」とT記者は私にいった。そしてもう一度、彼は私にいった。「Kは山本義隆とは違うんだ。あいつはただの殺人犯だよ」

私はT記者とこれ以上、議論することができなかった。私としてはKは思想犯である、従って彼にも「ニュース・ソースの秘匿」の原則が適用される、彼のことを警察に通報することはできない、というジャーナリストの原則を主張し続ける他なかった。

「上司の意見に従って警察に通報する」というT記者と、「Kは思想犯だから、絶対に警察に通報しない」という私とで意見は分かれた。

私は、先輩であるT記者と、この時、本気でケンカをした。「あなたは、要するに自分の身が可愛いだけなのではないですか」と彼の保身主義を批判したりもした。自分のなかにも保身主義があったから意地悪してそういう批判をしたりもした。

結局、私とT記者はケンカ別れした。(それから十五年以上たつが、私はいまだにT記者とは友情を修復できない。おそらく一生できないだろう。寂しいけれど仕方がない。あの時代にはそういう「別れ」こそが確かな生だったのだ）

T記者は、社会部の意向を受けて警察に行った。そしてKのことを通報した。いや、具体的にT記者が、どこでどう通報したのかは、私はそのあとT記者と会ったことがないのでわからない。

ただ確かなのは、T記者は、警察に協力したことによって、刑事責任を免責されたことだ。それに対して、私のほうは、あくまでも「Kは山本義隆と同じ思想犯である。従ってニュース・ソースの秘匿の原則は守られるべきであり、Kのことを警察に通報すべきではない」という立場に固執した。こう書くと、いかにも私のほうが善玉でありT記者のほうが悪玉のようで嫌なのだが、あの時点では、ほんとうに、善も悪もなかったように思う。ただお互いに「意地」の張合いをしていただけだったような気がする。

あるいは、また、ジャーナリストの原則・モラルなどに固執した私のほうが単なる青っぽい若者にしかすぎなくて、そんなものはただの紙の上のルールだと割り切っていたT記者のほうがはるかにリアリズムの感覚を持っていた大人だったのかもしれない。

T記者とケンカ別れしたあと、私は断固として「警察に協力しない」という態度をとることになった。私自身、性格的にそんなに〝闘うジャーナリスト〟ではなかったが、ここまできたらもう引き下がることはできなかった。

もちろん私もKと〝心中〟することの危険は百も承知していた。しかし、私の心のなかではあんなにいかがわしい男でも、少なくとも私を「信頼」してくれたからには、それなりにそれに応えようという気持もあった。その判断はたしかに甘かった。あとから考えてみれば、実に実に甘かった。

しかし私は、いまとなってはKが一〇〇％悪人であり、私が一〇〇％善人だったという気にもなれない。私はあの時点で、少なくとも、Kの出した三つのキー・ワード……宮沢賢治、CCR、『真夜中のカーボーイ』を信じたのだから。

逮捕までⅡ

社会部は警察に協力することになった。私はどうすべきなのか。「朝日ジャーナル」の編集部はどうすべきなのか。

私はK編集長とIデスクに呼ばれた。二人とも事態の進展に困惑しきっていた。「警察に協力する」という社会部と「協力したくない」という私とのあいだに入ってただ両方の言い分を聞いているだけだった。

二人とも人間的には心やさしい、いい人だった。だから私を無理に命令に従わせることをしなかったが、同時に、責任をもって編集部の態度を決定するということもしなかった。ただ困惑するだけだった。私はこの事件は思想犯による政治事件なのだからニュース・ソース秘匿の原則を守る、だから警察には協力しないという立場を固執した。

当然、社会部側はこれに反発した。とくにSという社会部長が強硬に反発した。九月に入ってすぐの土曜日、私は出版局長に呼ばれた。局長室には、Y出版局長、K編集長、Iデスクの他にS社会部長がいた。話を切り出したのは私の直接の上司でもないS社会部長だった。

「社会部としてはこの事件を一般的な殺人事件とみなして警察に協力することになった。T記者は昨日、警視庁の取調べに応じた。ついては君も警察に協力してほしい。今夜、警視庁の刑事が君に会いたいといっているのでぜひ会って知っていることを話しなさい」

驚いたことに、もう刑事と会う時間と場所も指定されていた。

S社会部長は自分の命令に従うのは当然だという態度だった。私はその高圧的な態度に反発した。出版局と社会部とは違う部だ。管理系統が違う。それなのに出版局長室に乗り込んでき、て、出版局長や「朝日ジャーナル」編集長の存在も無視したかのように「社会部に従え」という一方的ないいかたが私には不快だった。

朝日新聞社のなかでは一般的に新聞の記者、とりわけ社会部や政治部の記者は、出版局の「週刊朝日」や「朝日ジャーナル」の雑誌記者に対して優越意識を持っていた。自分たちが新聞を支えているのであって雑誌の記者は新聞社のなかではあくまでも傍流に過ぎないという意識があった。S社会部長が出版局長室までやってきて、出版局長や編集長を前にして「社会部に従え」といった背景には彼のあからさまな優越意識があった。

社会部と出版局とのあいだにはもともと緊張関係があった。

その緊張関係は新左翼運動が激しくなるにつれてより強いものになっていた。新聞の記事よりも「朝日ジャーナル」や「アサヒグラフ」の記事のほうがより新左翼運動にシンパシーを持っていた。当時の言葉でいえばより〝心情三派〟的だった。

新聞と雑誌の取材方法には決定的な違いがある。新聞が記者クラブ制度というものに拠るのに対し、雑誌のほうは記者クラブに拠らずフリーハンドでいわばゲリラ的に取材する。公安事件の取材などの場合、警察の記者クラブを基本に動く新聞は、警察情報をフルに使えるという利点がある反面、警察権力と一種ギブ・アンド・テイクの関係が生じ、警察との緊張が薄くなる。警察権力に対する「遠慮」が生じる。

それに対して「朝日ジャーナル」の場合は記者クラブに属さないから警察に対して「遠慮」する度合が比較的少ない。この差が記事に当然出てくる。

新左翼運動の報道では「朝日ジャーナル」のほうが社会部より、より新左翼にシンパシーを持ったものになる。警察との日常的なつき合いが多い社会部は、それとは違って、警察側の見方も記事のなかに強く織り込ませてゆく。

もともと朝日社内にあった新聞対雑誌の対立が、全共闘運動やベトナム反戦運動といった新左翼運動の激化にともなって、より緊張したものになっていった。この「新聞と雑誌の対立」が私の事件をより複雑なものにしていった。

六九年、七〇年、七一年——私が出版局にいたこの三年間は何度も書いているように新左翼運動の急激な昂揚期だった（同時にそれは急激な沈滞期にもなるのだが……）。出版局の記者のなかには、率直なところ〝心情新左翼〟が多かった。局内では記者どうしの議論になると、全共闘や三里塚の農民にシンパシーを表明する者が多かった。私がKや滝田修と酒を飲んだことがあったように、出版局の記者が全共闘の学生たちと酒を飲んだり、彼らのカンパ活動に応じたりするのはそのころはごく日常的なことだった。

そういう雰囲気は雑誌の誌面にも反映された。出版局の三週刊誌のうち読者層の年齢がやや高い「週刊朝日」は穏やかな路線だったが、「朝日ジャーナル」や「アサヒグラフ」は新左翼への傾斜がきわだっていた。

六九年には、「アサヒグラフ」が当時、指名手配を受け地下潜行中の東大全共闘議長の山本義隆と、日大全共闘議長の秋田明大とのインタビューに成功。アジトに潜伏中の二人の写真を発表して大評判になった。

しかしこういう〝新左翼シンパ〟の出版局に対する風当りは当然なことに強まった。警察との関係がより濃い社会部には「出版の連中は何をやっているんだ」という批判があった。出版局は警察からも次第にマークされるようになった。

六九年の末には学生デモの取材をしていた「アサヒグラフ」の若い記者が、路上で警視庁の機動隊員に暴行を受けるという事件も起こっていた。

出版局の局内では統一感、一体感があったが次第に外圧にさらされるようになっていった。五月に行なわれた局内の大きな人事異動は私にはそういう外圧への屈服、あるいは自主規制に思えた。外側から大きな力が加わる前に局のトップが自ら急ブレーキをかけたように見えた。

S社会部長は私を出版局内の〝はねあがり分子〟と見たのだろう。〝全共闘シンパ〟と見たのだろう。「今日、警視庁の刑事に会うように」とほとんど議論の余地のない既定事実として私に伝えた。私は驚いたが困惑しきった表情の出版局長や編集長の前では反論もできなかった。新聞対出版局、社会部対「朝日ジャーナル」の力関係は大きく新聞、社会部のほうに流れているのを知った。

編集部に戻った私にIデスクが「警察に事実をいうかいわないかは君にまかせる」といった。良心的なI氏としては私に対する精一杯の支援の言葉だったと思う。しかし「朝日ジャーナル」の編集部全体としてこの事件をどうするかについての意見は編集長からもIデスクからもついに出なかった。彼らは私に取材経過をもう一度始めから説明するようにと求めることもなかった。それが私には不思議だった。どうせ説明を求めても〝はねあがり〟の私が拒否すると考えたのか、それともただなるべく事件から遠ざかろうとしたのか。あるいは単純に事態の進展をフォローしきれなかったのか。

私は一人で警視庁の刑事に会うことになった。九月はじめの土曜日。雨の日だった。刑事は銀座の日航ホテルに部屋をとってそこで待っているという。夕方の四時に私はそこに行った。日航ホテルは会社から歩いて五分ほどのところにあった。銀座のクラブ街の入口にあり、一階の喫茶室にはその時間、これからクラブやバーに出勤してゆこうとする女性たちの姿が目立った。そんななかでこれから刑事に会いに行く自分がひどく場違いな人間に感じられた。

私は刑事に会っても、ジャーナリストに課せられたニュース・ソースの秘匿の原則だけを主張し、それ以上のことは何もいうまいと決めていた。ジャーナリストとして知り得たことをいいたくないという原則論とは別に、警察に知り得た情報を「通報」するという行為そのものにも抵抗を感じた。

しかし他方では不安と怖れもあった。警察と対立したら、これから当然、警察は私を敵視するだろう。〝新左翼のシンパ〟どころか〝活動家〟そのものとみなすだろう。取材の過程での対象者へのコミットメント、深入りを見逃すことはないだろう。

ドアをノックした。中年の刑事がドアを開けた。警視庁のKという刑事だと名乗った。狭いシングル・ルームに私は刑事と二人だけになった。

刑事は「捜査に協力してほしい。あなたが接触した犯人の名前を明らかにしてほしい」とはじめから単刀直入に聞いてきた。事件から二週間以上たっていたが警察は犯人を絞りこめていなかった。私の「通報」には価値があった。

私は、ジャーナリストのモラル、ニュース・ソースの秘匿という原則論だけを主張した。「社会部と私は見解が違う。私としてはあの事件は思想犯が起こした事件と考えたい。だから取材上知り得た情報を警察に通報することはできない」という一点だけを繰り返した。

刑事は協力を要請する。私はできないという。その繰返しだった。狭い、閉ざされた部屋のなかで何度か息苦しくなった。まるで独房にいるような気もした。話をしないと私を放してくれないのではないかと思った。K刑事は終始冷静だった。そして執拗だった。何度こちらが「できない」といってもまた一から話を始める。

二時間以上が過ぎた。とうとうK刑事は「今日はあきらめます」と私を放してくれた。帰り際に名刺を渡し「気が変わったら連絡してくれ」といった。

私はホテルを出た。ほっとしたがこれで終わることはないだろう、このままではすまないだろうと思った。外は雨が降っていた。私は完全に警察にマークされた。取材の過程でのKへのコミットメントが急にスキだらけのものに見えた。逃走援助、犯人蔵匿。いくらでも〝犯罪〟の構成要件があった。それだけではない。私はKとは酒を飲んでいる。家に泊めたこともある。そして事前に犯行の準備を見せられている。彼らの〝仲間〟と見られても仕方ない〝状況証拠〟がそろっている。〝仲間〟だからこそ「ジャーナリストのモラル」ということを口実にK

をかばっているのではないか……。

雨のなかを会社に帰った。もう夜だった。土曜日だったので部員の大半は帰宅していた。編集長もIデスクももういなかった。Iデスクはオペラを見に行ったということだった。それが私を落胆させた。部員が一人で刑事に会ってきたというのに編集長もデスクも私を待っていてその経過を聞こうともしない。そのとき私はこれは最終的にはもう自分個人の責任問題になるだろうと思った。「朝日ジャーナル」の編集部が編集部総体として私を守ってくれることはもうないだろう。まして新聞社が私を守ってくれることもないだろう。私ははじめて自分が孤立してしまったことを感じた。


ジャーナリストにとって対象へのコミットメントはどの程度まで許されるのか。一般的にいえば情報を得ようと思えば対象へのコミットメントは深ければ深いほどいい。取材対象者との関係が深まればそれだけ情報も多くなる。

政治記者は口の堅い政治家から情報を取るため彼らの私生活にも入り込もうとするだろう。芸能記者はスターの特ダネを取るためには彼らと遊んだり酒を飲んだりするだろう。ジャーナリストにとってはそういう私的な人間関係は貴重な情報源であり財産である。ジャーナリストの力とはどれだけ広い私的な情報源を持っているかにかかっている。

しかしあくまでも取材対象者が通常の市民の場合である。

もし取材の相手が犯罪者だったらどうするのか。彼らとの私的交際はどこまで許されるのか。相手が反体制的な政治活動家の場合、ジャーナリストはどこまで彼らと付き合うことが許されるのか。指名手配を受けた過激派をインタビューすることはできるのか、そのとき彼らに取材謝礼を払ったら逃走援助罪になるのか。

おそらくこのコミットメントの問題にはルールはない。ほとんどがケース・バイ・ケースによって決められる。その時の社会情勢、ジャーナリズムと警察権力の力関係、世論の動向によって決められる。

六八年に全共闘運動が起こってから「朝日ジャーナル」や「アサヒグラフ」の記者たちは全共闘の学生たちやセクトのリーダーたちと親しい、親しく付き合うようになった。彼らの主張を大きく、熱っぽく紹介していった。彼らと酒を飲んだりもした。討論に加わることもあった。カンパ活動にも応じた。つまり非常にコミットメントを深めた。

全共闘に関してはそういう私的交流がまだ許された。山本義隆や秋田明大の潜行中の記事を大きく載せても問題にはならなかった。むしろジャーナリズムの快挙として称讃された。世論もそういうジャーナリズムの反権力的姿勢にまだまだ寛容だった。

全共闘運動は思想的にどんなにラジカルであっても行動的にはまだ穏やかであり、その行動が大学の学内に限定されていたからだ。それにやはりそれは「東大」が震源地だったからだ。知的エリートたちが自らの社会的意味を「自己否定」してゆく姿にはどこか清潔さがあった。

しかし、全共闘運動が次第に後退し、政治セクトによる街頭行動、直接行動が前面に出てきてから、ジャーナリストと新左翼との蜜月時代は終わった。

全共闘やべ平連の活動家と親しく酒を飲むことは問題はなかったが、武力闘争をスローガンにかかげる政治セクトのメンバーと私的にまで交際することは〝犯罪〟に近いものになっていった。

反体制運動の取材をどうするか。本来ならこの時点で朝日新聞社として、あるいは少なくとも「朝日ジャーナル」の編集部として新しい方針、態度を決めておくべきだったのだと思う。

しかし「朝日ジャーナル」の当時の編集部にはもうそういう確固とした一体感はなくなっていた。平たくいえば〝その日暮らし〟的な編集方針になっていて、編集部は状況のほうに追いつくのに精一杯だった。


社会部は警察に協力した。しかし私は協力しなかった。このことはその時点では社内でも関係者しか知らないことだった。K編集長もIデスクも事態を編集部内に公けにし、それを全部員で考えるという方向には持っていかなかった。Kがまだ逮捕されていないという状況では仕方のない判断だったと思うが、私としては編集長が事件をうやむやのままに終わらせようとしているのではないかという危惧があった。編集長は、ある日私が〝我〟を折って社会部同様、警察に「通報」し、それで平穏無事に事件が終結するのを待っていたのかもしれない。

社会部の方が事件を通常の事件とみなした以上、そして、Kとのインタビューを記事にしないと決めた以上（社会部がなぜそうしたのか最終的な理由は私にはわからない）、「朝日ジャーナル」としてはKとの〝独占インタビュー〟を記事にすることができなくなった。五月の出版局内の大きな人事異動のあとの弱体化した編集部では、社会部の力に抵抗することは不可能だった。

しかし、いまにして思えば事態をオープンにしたほうがよかったのだと思う。私がKをインタビューしたこと、しかし、ニュース・ソースの秘匿の原則があるからKの名前を明らかにすることはできないこと。そのことを編集会議で正々堂々と明言して、Kとのインタビューを記事にすべきだったのだ。

それができなくなってしまったのは、ひとつには新しい「朝日ジャーナル」編集部が編集長もデスクも、そして私自身も「やはりジャーナルはアカイ」という周囲の無言のプレッシャーに負けて自主規制してしまったため、もうひとつには社会部が、いちはやく警察に通報してしまったためだ。その結果、「Kとのインタビューを記事にすべきかどうか」よりも「警察に通報すべきかどうか」のほうが重大なテーマになってしまった。

いま冷静に考えれば、私は、やはりあの時点で、もう少しがんばって、Kとのインタビューを記事にすればよかったと思う。警察に協力するかしないかの問題より先に、まず何よりもKとのインタビューを記事にすべきだった。S社会部長やK編集長を説得して一ページでも記事にすべきだった。

そうすれば、その記事の反響によって、読者（世論）の反応によって、朝霞事件が「殺人事件」か「思想犯の政治事件」かを、より深いレベルで議論することができた。

しかし、「朝日ジャーナル」編集部の自主規制に加えて、社会部の「通報」のため、そうした可能性が閉ざされてしまった。記事にするかどうかよりも、警察に通報するかどうか、協力するかどうかのほうが重要な問題になってしまった。「記事」よりも「通報」のほうが優先されてしまった。

警察に協力した社会部の力を前に、「朝日ジャーナル」編集部は沈黙してしまったし、私自身もそれ以上抵抗することができなくなってしまった。Kとのインタビューを記事にすることはいつのまにか立ち消えになってしまった。記事にすれば社会部を、そして警察を刺激することとは目に見えていた。彼らとことをかまえる力は編集部にも私にもなかった。肩をすぼめ、彼らの力が通り過ぎてゆくのを待つしかなかった。敗北感にとらわれた。編集長もIデスクもこの話をしなくなった。私も、沈黙に閉じこもってしまった。

Kとのインタビューを記事にできなくなったことで、メモや写真もとりあえず必要でなくなった。私はそれを全部会社の机のなかにしまっておいた。

問題は、Kにインタビューしたとき私が預かった腕章だった。Kはそれを襲撃した自衛隊基地から奪ってきたものだといった。私はそれを、本当に犯行に関わった証拠として当夜、Kから預かった。Kが事件の本当の犯人であること、従って、記事がガセネタではなく真実であることを証拠づける物件だった。

ここで腕章は二つの意味を持った。ジャーナリストである私からいえばそれは「記事の正しさを証明する物件」だったが、警察からみればそれは「犯罪を立証する物件」だった。当初、私には、腕章の意味、重要性が見えなかった。というのも、警察の捜査を考えれば、彼らが他にもいくらでも証拠を集めることができる、だから、腕章はたとえ犯罪の証拠ではあってもそれは数多くの証拠のひとつ、ワン・オブ・ゼムとしか思えなかったからだ。腕章が唯一、絶対の証拠になるとはこの段階ではとても考えられなかった。

のちに私はこの腕章を間接的に焼却したことで刑法上の「証憑湮滅罪」に問われ逮捕されるのだが、その裁判では、私の弁護士は、この腕章の重要性はのちになって派生したものだと次のように弁論した。

「被告人本人（川本のこと）の供述にもあるとおり、被告人の処分したものが犯行に用いた凶器そのものであったり、奪取してきた銃であるなら、証憑湮滅罪に問われることを何ら疑問とはしないであろう。しかし被告人の焼却処分したものは腕章一枚にすぎない（ズボンについては被告人は内容を見ておらず、しかも強盗殺人事件には用いなかったものであり重要性は更に乏しい）。しかも腕章を取ってくる事は計画には含まれておらずKの気まぐれによるハプニングに過ぎない。たまたま凶器等の重要な証憑が発見されないために、後日腕章は重要性を帯びるに至った経緯はあるものの少なくとも焼却処分の段階では付随的な証憑に過ぎなかった」

私は自分が預かった腕章が「記事の正しさを証明する物件」とだけ考えていて「犯罪を立証する物件」とは認識していなかった。そこがいまにして思えば私の甘さだった。ミスだった。

しかしそれでもなおこういう疑問は残る。私が腕章を処分したあと、警察に協力し証拠写真を提出したとしたら、警察は私を逮捕しただろうか、社会部と同じように私が警察に協力していたら、腕章処分は逮捕・起訴に値する行為とまではみなされなかったのではないだろうか。

Kとのインタビューを記事にすることはもう無理だと判断した私は、腕章を処分することにした。腕章の写真は撮影しておりそのネガは持っていたので、腕章そのものまで持っていることは精神的負担が大きかった。私にしても実際に犯罪を立証するモノをいつまでも持っているのは不安があった。それにこれは非合理的ないい方だと思われるかもしれないが、この事件は人が殺された殺人事件である。その現場から持ってきた腕章をいつまでも持っていることは気味が悪かった。負担になってきた。

私はこの腕章を実は出版局の同僚のU君に預けていた。Kをインタビューした夜、社に戻った私は帰りがけU君に会った。U君はその時、奥さんが夏休みで実家に帰っていて一人なので家に酒を飲みに来ないかと私を誘った。私はKのインタビューをどうにか無事に終えて疲れてはいたがほっとしてもいた。親しくしているU君と酒を飲みたかった。

九時ごろ私とU君は有楽町の朝日新聞社から車で高井戸のU君の家に行った。会社の家族寮だった。U君は私と同じ年齢だったが、独身の私と違って結婚していて子どももいた。落ち着いた家庭人という感じがした。二十七歳にもなってロックだマンガだと若ぶっている私とは対照的だった。

私は一九六九年に朝日新聞社に入社した。同期は五十人ほどいた。このうち当初から出版局(「週刊朝日」「朝日ジャーナル」「アサヒグラフ」等の雑誌編集)に配属されたのは私とU君を入れて四人だけだった。

前述したように新聞社のなかでは出版局は主流ではない。意欲的な人間はみんな新聞の社会部や政治部を希望する。だから出版局への配属が決まったとき人事部の人が私のところに来て

「出版局に決まったからといって気を落としてはいけない。いずれは新聞のほうへ行くチャンスもあるから」といった。私ははじめから社会部に行って殺しや火事の取材をするより出版局で雑誌の編集をしたいと思っていたので、この人事部の人がはじめ何をいおうとしているのかわからなかった。

出版局に決まった四人は四人とも出版局に決まったことを喜んでいた。地方支局に行っていわゆるサツ回りをする必要がなくなったことを幸運と感じていた。——しかし、このサツ回りの体験の有無は私の事件のあと社内的に大きな問題とされた。私の取材上のミスは、私が、サツ回りという警察との日常的な付き合いの経験がなかったから生じた、という判断が社の上層部でされた。平たくいえば私は「サツ回りの苦労をしたことのない、甘い記者」ということだった。私の事件のあと社では若い記者に必ずサツ回りをさせるようになった。

その晩、私はU君とおそくまで飲んだ。久しぶりに学生時代に帰ったような気がした。仕事に関わりのない本や映画のことを話すのは楽しかった。できることならもう過激な政治運動の取材を離れ、本来、自分の好きなサブカルチャーのほうの仕事をしたいと思った。特集記事を作ったり、グラビアでそのころ誕生した東京のロック喫茶の特集をしたことが懐かしかった。あれから三年しかたっていないのに自分の仕事の内容も変わってしまったし、出版局内の雰囲気も変わってしまった。

十二時過ぎまで私はU君の家で飲んだ。私はかなり酔っていた。困ったことにU君の家を出てすぐのところ、環八沿いに交番があった。私は事件と関わりのある腕章を持って、酔って交番の前を通るのが心配になった。Kを築地の旅館から青山のT記者のところへ車で運んだ時の緊張感、警察への警戒心がいまだに続いていた。不安になった私は、カバンから腕章を入れた包みを取り出し、それをU君に預かってほしいといった。できたらいずれ焼却してくれと頼んだ。U君には何が入っているのかは何もいわなかった。今日、事件の主犯のKに会ったということもいわなかった。仕事の部の違うU君にもこの段階ではくわしいことは話せなかった。U君はあえて事情を聞かずに腕章を預かってくれた。

社会部が警察に「通報」することを決め、「朝日ジャーナル」にKのインタビュー記事を載せることは無理だとわかった段階で、私は、U君に「このあいだ預けた腕章はもう必要なくなったので焼却処分してくれ」と頼んだ。前述したようにこの時点では、腕章が重大な、犯罪の証拠物件になるという意識がなかったので、私はどちらかといえば軽い気持で処分をU君に頼んだ。

そして結果として、この腕章処分が刑法の「証憑湮滅罪」に触れることになってしまった。

警視庁のK刑事は、その後、何回か電話をしてきた。そのつど私は原則論で会うことを断った。

ある日、私のいちばん上の兄が私に会いたいと電話をかけてきた。警視庁のK刑事が兄の仕事場にもあらわれ、兄から私を説得するようにといったのだという。

兄はふつうの銀行員だった。ふつうの市民だった。だから驚きもし、心配もし、いったい何があったのだ、事情を教えてほしいといった。

私は兄と会った。兄は私より五歳年上だった。ジャーナリストになった私とは違って、堅実な市民生活をしていた。結婚し、子どももいるふつうの家庭人だった。だから私の話を聞くと、自分の立場でしかわからないが、このケースは警察に協力したほうがいいのではないか、といった。私はジャーナリストのニュース・ソースの秘匿の原則の話をした。

兄は、職業上のモラルが重要なことはわかるが、こんどの事件の場合、その政治グループは、君がジャーナリストのモラルを持ち出してまで守らなければならないことをしているのか、自分にはただの殺人事件にしか見えないが、といった。

それから兄は、私の顔を見てゆっくりいった。「だって君、人がひとり死んでいるんだよ。何の罪もない人間が殺されたんだよ」

私は兄の言葉にその時、はっとした。自分はジャーナリストの立場ばかりを考え過ぎていて、ふつうの生活者の立場を忘れてしまっていたことを痛感した。ふだんの仕事ではまわりじゅうが自分と同じ職業の人間ばかりだから自分を「ジャーナリスト」とだけ意識してしまう。しかし、兄のようなふつうの市民に会うと自分もまた一人の「市民」なのだ、「生活者」だと思い知らされる。

「ジャーナリスト」として行動したらいいのか、「生活者」「市民」として行動したらいいのか私は迷いはじめた。

ただ私は、K刑事が兄を通じて私を説得させようとした、そのやり方にこだわった。ふだんの場合なら、兄の話を素直に聞けたのだろうが、この時は、K刑事の意志を感じて、素直になれなかった。私は兄に、自分はやはり「ジャーナリスト」だから、取材上知り得た事実を警察に「通報」することはしたくない、といった。兄は、私がそう信じているのなら、そうする以外にないな、とそれ以上強く私を説得することはなかった。兄は最後に「あの事件は、なんだかとてもいやな事件だ。信条の違いはあっても、安田講堂事件やベトナム反戦運動、三里塚の農民たちの空港建設反対は、いやな感じはしない。しかしあの事件はなんだかいやな気分がする」といった。私はその「いやな気分」という言葉が忘れられなかった。それは私自身もまたかすかに感じていたことだったからだ。

それは、Kたちがかかげた「革命」というスローガンと、罪のない自衛官を一人殺したという「殺人」の落差があまりにも大きいことからくる、不快感だった。「革命」の夢と「殺人」

の現実があまりにもかけはなれすぎていることからくる、どうしようもない気分の悪さだった。

おそらく全共闘運動やベトナム反戦運動を取材するジャーナリストはこういう「いやな気分」を感じることはなかったろう。そこにはある「正義」もあったし「清潔さ」もあったのだから。

しかしこの事件には、そういう「正義」や「清潔さ」がなかった。思想犯による政治活動とはいえ、正体がよくわからない組織が起こしたものだった。思想的な内容がよくわからなかった。Kはいわゆるアナーキストにも思えなかった。生活環境、学歴などさまざまな点でコンプレックスを持つ男が、新左翼運動のなかで何か大きなことをして名をあげたいという個人的な背景が強く感じられた。ある点でこれは政治的な事件というより文学的事件といったほうがよかった。

私は片方で「ジャーナリストのモラル」という原則を大事にしながらも、他方で、「いやな気分」が自分のなかに広がってゆくのを否定できなかった。

そのころから私は神経が参り始めていた。いやな夢を見て夜中に叫び声をあげて起きるという日が続いた。夜中にときどき電話が鳴った。受話器を取ると相手は何もいわずに切った。どこからかかってくるものかわからなかった。

十月のはじめ、三里塚では空港建設反対運動に深く関わった農家の青年が首吊り自殺をするという衝撃的な事件が起きた。三ノ宮文男という二十二歳の青年だった。サイモンとガーファンクルの「ボクサー」が好きな青年だった。遺書には「空港をこの地にもってきたものを憎む」「私はもうこれ以上たたかっていく気力をうしないました」とあった。胸が締めつけられる思いがした。もっともよく闘ったものたちがもっとも傷ついてゆく。「ボクサー」のなかの歌詞――「ぼくは本当に哀れな少年なんです」「ぼくが故郷や家を捨てた頃はまだ見知らぬ一団にまじったほんの子供でした。停車場の静けさの中でぼくはおびえていたのです」。青年は「ボクサー」の詩（うた）のなかに最後のなぐさめを見ていたのかもしれない。

私自身も「気力をうしない」そうになることが多かったが、それでも「朝日ジャーナル」の仕事はしなければならなかった。五月の人事異動のあと弱体化した「朝日ジャーナル」のなかで入社三年目の私は人一倍働かなければならなかった。ただ政治運動の取材とはべつの仕事をするのは私には楽しかった。原稿を依頼していた、当時はまだ放送作家だった井上ひさし氏や若い吉岡忍氏に会うときは、事件のことを忘れることができた。井上ひさし氏といっしょに『男はつらいよ』を見に行ったり、嵐山光三郎氏といっしょに安藤昇に会いに行ったりする仕事は楽しかった。できることならこれからずっとこういう非政治的な仕事をしていきたいと思った。それでももうこれだけ事件にコミットした以上、それは不可能だった。

警察は事件を必死で捜査していた。いずれKは逮捕されるだろう。そのときKははたして私が事前にKの犯行準備を見たこと、インタビューの際に腕章を預かったこと、取材謝礼を払ったこと、を警察に話すだろうか。こちらは彼のことを警察に話さなかった。「通報」しなかった。その〝信義〟を守って彼もこちらのことは出さないようにするだろうか。もしKが私の名前を出したら、私の立場は極端に悪くなる。逃走援助、証拠隠匿にあたる行為をしている。おまけに私は警察に協力しなかった。警察の心証はきわめて悪い。もう無傷のままではいられないだろう。

十一月十六日、Kは埼玉県警に逮捕された。

逮捕されたKはすぐに私の名前を出した。そのことを私はこの事件を取材している埼玉支局のM記者から聞いた。M記者は私より一年上の先輩で、大学も同じだった。入社当時私はずいぶんM記者に世話になった。仕事上のアドバイスをもらった。社のなかで信頼している先輩だった。

M記者は私のことを心配してわざわざ東京に来てKの供述状況を知らせてくれた。

Kは逮捕されてすぐ私の名前を出した。私が事前に世田谷のアパートで犯行準備の状況を写真に撮ったこと、腕章を預かったこと、などすべて警察で話をしているとM記者は私にいった。

その時点で、私は、自分もいずれ逮捕されるかもしれないと覚悟せざるを得なかった。この秋には、他の過激派による爆弾事件、土田邸爆破事件が起こり、人がまた一人死んでいた。警察は過激派に対する対応を強めていた。記者だからといって、もう安全地帯にいることはできないだろう。

それにしてもKという男はいったい何者なのだろう。こちらは自分の危険をおかしてまで「ジャーナリストのモラル」の原則を守って、Kのことを警察に「通報」しなかった。彼の名前を出すことをしなかったし、写真を提供することもしなかった。こちらは〝信義〟を守った。それなのに当のKのほうは、私のことを警察に話してしまっている。〝信義〟も何もあったものではない。Kのように正体のよくわからない男を信用したこちらの判断が甘かったといえばそれまでだが、私は、M記者の情報を聞いてほとんど空しくなってしまった。

いったいこの二カ月、自分はなんのために社会部や警察に抵抗してきたのだろう。「ジャーナリストのモラル」という原則でいったい何を守ってきたのだろう。守るべき取材対象者が逮捕されるや取材したジャーナリストのことを何でも喋っているとしたら「ニュース・ソースの秘匿」なんてなんの意味があるのだろう。

たしかに、自分はジャーナリストとしてのモラルは守った。しかしそれは結局は私の自己満足だけだったのではないだろうか。

その代償はあまりに大きかった。私は社会部と警察を完全に敵にしてしまった。それればかりか土田邸事件が起こったこの時点では、もう世論も「過激派をかばった記者」を許しはしないだろう。むしろ批判するだろう。

M記者の話を聞いた日、私は、ほとんど絶望的な気分になった。いったいこんなにしてまでKを守ることが必要だったのだろうか。あの事件は「ジャーナリストのモラル」に値するだけのものだったのだろうか。結果的にはやはり社会部やT記者の判断が正しかったのではないだろうか。

そのころになると「朝霞事件に朝日の記者が関係していたらしい」という噂が記者仲間に流れるようになった。情勢はいよいよ悪くなっていた。

私はそのころ一人で問題をかかえているのがつらくなって出版局の大先輩であるY・N氏にすべてを打ち明け、相談に乗ってもらったが、氏は五月の大人事異動で週刊誌の現場からはずされていて手の打ちようがなかったようだった。

埼玉支局のM記者が取材したところでは、Kは自供のなかで、私を組織の仲間にしているということだった。組織の頂点には滝田修がいる、Kはその滝田の命令で事件を起こした、というストーリーがKによって作られ始めていた。私は滝田とKとのあいだの連絡係という役割にさせられているということだった。

「ジャーナリストのモラル」を守ってKをかばった結果がこれだったのかと、私はKという人間を見る目がなかったことを思い知らされた。

おそらくKは、逮捕されてから事件の大きさを知り、自分の罪を軽くするために滝田や私にあおられて事件に突っ走ったというストーリーを作り上げたのだろう。Kが確固たる信念を持った左翼の活動家ではなかったことは明らかだった。

Kに対する評価はここでまた再逆転してしまった。はじめ彼は「京浜安保共闘」の名前をつかって「週刊朝日」編集部に近づいた。それがウソだということがわかって私は彼を信頼しなくなった。その後も彼の活動家としての言動にはおかしなことが続いた。記者仲間のあいだでも、私がよく取材をしていた全共闘の活動家やセクトの活動家のあいだでも誰も彼を活動家としては認めていなかった。彼に対する信頼度がほとんどゼロになった時に彼は朝霞事件を起こした。「ああ、あいつはやっぱり本当の活動家だったのだ」と私はそれでまたKへの評価を変えざるを得なくなった。彼を思想犯とみなさざるを得なくなった。

しかし逮捕後伝わってくる彼の供述は、自分の責任を軽減するための虚言が多くなった。彼は、滝田修の下で行動したにすぎないというストーリーを作ろうとしていた。

といってももうここまできた以上、私は、悪かったのはすべてKだったということにもしたくなかった。自分はあの時点で少なくともKを信頼したのだから。Kを「かわいそう」だと思ったのだから。

それに事件のディテイルでの私のコミットメントも否定できない事実だ。私は事前に世田谷のアジトで準備段階の彼らの凶器やビラを撮影した。会社の車を使って彼を移動させた。取材費を渡した。そして腕章を預かり、Kとのインタビューを記事にできないとわかったあと、それをU君に頼んで焼却処分した。刑法的に見て私の行為はほとんど〝まっくろ〟だった。いつ逮捕されてもおかしくなかった。

とくにKの逮捕後、腕章の問題がクローズアップされてきた。それまで私は腕章を「取材の正しさを証明するもの」としてしか考えていなかったが、ここにきてそれはにわかに「Kの犯罪を立証する物的証拠」という意味を持ってきた。というのも捜査の過程で、Kの自供はあったが、犯行を証拠づける物的証拠が他に何も発見されなかったからだ。腕章は、証拠のワン・オブ・ゼムどころか唯一の証拠になった。

その重大な証拠物件を私は焼却処分した。あきらかに刑法上の「証憑湮滅罪」に該当した。

十月から十一月。暑かった夏はとうに終わり、もうじき寒い冬が始まろうとしていた。私は逮捕を覚悟して徐々に身辺整理を始めていた。Kを取材したノートや、腕章を撮影した写真は親しい知人に預けた。

私はこの事件へのコミットメントのことはごく親しい記者にしか打ち明けていなかった。とくに腕章焼却の件はごく限られた人間にしかいっていなかった。とりわけ上司であるK編集長とIデスクには報告していなかった。社会部との意見の対立があり、結局、Kとのインタビューを「朝日ジャーナル」に記事にすることができなくなってから、私はK編集長ともIデスクとも日常的な、必要最小限の会話しかしなくなっていた。事件の深い内容にまで立ち入って話をする雰囲気ではもうなかった。

十二月の寒い夜だった。私は事情をずっと打ち明けていた親しいある先輩記者の家に夜おそくいった。これからの身の処し方について相談に乗ってもらおうと思った。私は動揺していた。逮捕は覚悟していたとはいってもできたら最悪の事態は避けたいという気持があった。ここまで来たらもう警察権力と妥協したいと思った。

弱気になった私は、彼に、

「物的証拠になる腕章の写真を警察に提供したい」といった。

そのとき彼はきびしい表情でいった。

「そんなことをしたら、君がいままで批判していた社会部と同じことになってしまう。その瞬間から君はもう社会部を批判することはできないし、『ジャーナリストのモラル』を口にすることもできなくなる。君はいままでなんのためにがんばって、『取材源の秘匿』の原則を守ってきたんだ」

彼の表情は実にきびしかった。私は内心では「警察にもう協力したい」という私の弱気の中し出に彼が「この段階では仕方ないな」といってくれることを期待していたのだ。そのことで逮捕という最悪の事態を免れたいと思っていたのだ。

先輩の記者である彼は、その私の弱気をぴしゃっと批判した。「ジャーナリストのモラル」の重要性をもう一度私に思い出させた。

しかしそれでも私の気は重かった。

それならもう逮捕を待つしかないのか。もちろんこれまでも「ジャーナリストのモラル」を守るためにあえて逮捕された新聞記者は何人かいる。それはいわば「名誉の逮捕」だ。彼らは事件と心中することになる。

「Kとか……。どうせならやっぱり山本義隆や秋田明大と心中したかったな」。私は自嘲的にそう呟く他なかった。

私自身、ジャーナリストとして、また、同世代の人間として、全共闘運動には共鳴するところが多かった。安田講堂事件の衝撃はそのときもなお続いていた。だから山本義隆や秋田明大といった全共闘運動の最良の部分とこそ心中したかった。彼らのために逮捕されるのだったらそれこそ「名誉の逮捕」だと思った。

しかしKは……、そして朝霞事件は……、兄がいったように「いやな感じ」がした。

「Kと心中するのか」と思うと正直気が重くなった。しかし、それをいったら結局は「Kと山本義隆とは〝タマが違う〟」という社会部の意見と同じになってしまう。私はもう「Kと心中したくない」と思うこともできなくなっていた。新左翼運動全体の後退期に私はおそらく最悪の負け戦さのひとつを闘う他なかったのだろう。

これまで新左翼運動の経過で何人もの学生や労働者が逮捕されてきた。傷を負ってきた。彼らが傷つくのをジャーナリストは傍からずっと見てきた。それがいまようやくジャーナリスト自身にも及んできたのだ、と思った。だからそのことでもう弱音を吐くことはできない。

そのころ吉本隆明が、学者たちを批判して書いた次のような文章に私は納得した。

「学問の自由が奪われたなどと学者が泣き言をいうときは、それよりはるか以前に生活者の自由は奪われており、ただ声を出さないだけだということを知っておくのはよいことである」（『戦後思想の荒廃』）

この文章の「学者」を「ジャーナリスト」に換えれば、私としてはもう「泣き言」をいうことはできないと思った。

その親しい記者の家を出た。夜遅かった。彼ともいずれはもう別れるのだなと思った。

一九七一年が終わろうとしていた。逮捕はもうそこまで迫っていた。

逮捕そして解雇

一九七二年一月九日、私は埼玉県警によって逮捕された。「証憑湮滅（しょうひょういんめつ）」の容疑だった。前日の八日、すでにある新聞に「朝日ジャーナル」の記者に逮捕状が出るという記事が出ていた。八日の朝、私は母親に事情を簡単に説明し会社に行った。母親には心配をかけてしまってすまないと頭を下げることしかできなかった。

会社で事情をすべて打ち明けていた先輩二人とどういう対応をしたらいいかを話した。しかし三人とももうこの段階では話をできる状態にはなかった。ただ押し黙って時間がたってゆくのに耐えるしかなかった。「まさか記者を逮捕することはないだろう」という甘えが私のなかにあったことは確かだ。そのために状況の進展に対する対応ができなくなってしまった。

しかし秋以降、どんな対応策があったのだろう。Kに取材したのにその記事を掲載することができなくなってしまった。そこから次々に事態が悪化していった。最後の段階で警察に証拠の腕章の写真を提供し〝取引〟をすることは考えられたが、そうしたら自分はもう「取材源の秘匿」というジャーナリストのモラルを二度と口にできなくなる。それに警察はこの段階では「腕章の提出」よりも「朝霞事件にコミットした記者の逮捕」のほうを求めていたのだと思う。

私に残された唯一の選択肢は「逮捕された時点で容疑事実をすぐに認めてしまうか」、それとも「あくまで否定するか」だった。実は私は直接の上司ではなかったが出版局の信頼できる大先輩にもずっとこの間、相談に乗ってもらっていた。しかし当時この人は要職からはずされていたこともあり、私に直接的な指示を出すことはできなかった。ただあくまでも先輩として「相談に乗る」という立場でしかなかった。最後の段階で私はどうしたらいいかわからなくなり、すがるような気持でこの大先輩のY・N氏に相談した。

相談といってもこの日はもう私が直接彼に会うことはできなかった。すでに社内的にそういう雰囲気ではなかった。それでずっと事情を打ち明けていた先輩記者に頼んで「容疑事実をすぐに認めてしまうか」、それとも「あくまで否認するか」、その大先輩の意見を求めた。一時間くらい出版局の小さな会議室で私は、もう一人の先輩N記者と「返事」がくるのを待っていた。そのあいだ私もN記者もただ押し黙っているだけだった。Kが「週刊朝日」にはじめて接近してから一年近くがたとうとしていた。この一年、私もそのN記者もKとのさまざまな形の〝付き合い〟を続けてきた。その結果、とうとう私の逮捕ということになってしまった。新左翼のなかの突出した部分を取材することの難しさをいやというほど思い知らされた。

一時間くらいたってもう一人の先輩記者が大先輩のY・N氏の意見を聞いて帰ってきた。それは「すべてをフィクションだったと考えろ」という意見だった。つまり「容疑事実を否認したほうがいい」ということだ。私は学生時代、ベトナム反戦のデモに参加した程度で、学生運動に深くかかわったことも逮捕されたこともなかった。だから逮捕されてから取調べのあいだはたして否認し続けることができるのかどうか自信はなかった。しかし自分の身を守るには「否認」以外の選択肢はなかった。いや、これは結果論になるが本当は逮捕された時点で容疑事実を素直に認めたほうがよかったのかもしれない。ただこの段階ではそれを認めると私は単なる「記者」ではなく「Kの同志」ではないかとみなされ、更に「共同謀議」などより重い罪で逮捕されるのではないかという恐怖感があった。それを避けるためには容疑事実を否認するしかなかった。

私はその夜、Y出版局長と二人で都内のあるホテルに泊まった。翌朝、局長に連れられて埼玉県草加警察署に出頭することになっていた。そこで逮捕されることになっていた。

局長と私は同じ部屋に泊まった。もうこの段階では何も話すことはなく、お互いにつとめて日常的な会話しかしなかった。局長は私に事情聴取することをしなかったし、私も局長にKから腕章を預かったこと、それを同僚のU君に預け処分してもらったこと、というこの時点でいちばん重要なことを話さなかった。つまり私は局長に対して真実を打ち明けなかった。もうこの時点では打ち明けることはできなかった。どうしてひと晩、同じ部屋に泊まりながらいちばん重要なことを局長に話せなかったのか。先輩の記者たちには打ち明けていたことをどうして直接の上司であるY局長には話せなかったのか。それはもうその場の雰囲気がそうさせたのだという非理性的なこととしかいいようがない。

八月に私がKを取材し、それを「朝日ジャーナル」に記事にしようとした時、局長は私になんの指示も与えてくれなかった。社会部と私が対立した時も局長は私を支持してくれなかった。それで私が局長にわだかまりを持っていたから真実を打ち明けられなかった、というのでは決してない。あるいはすでに「すべてをフィクションと考える」という覚悟ができていたからというのでもない。

そうではなくて、「記者の逮捕」という状況の異様さに自分自身が圧倒されてしまい冷静に対応策を考えるという心のゆとりがなくなってしまっていたのだ。状況の異様さに呑まれてしまっていたのだ。それはY局長にしても同じだったのではないかと思う。もし彼が冷静だったのなら夜を徹してもホテルの部屋で私に事情聴取をしただろう。それをしなかったのはY局長が私を信じていたからでもなければ、また逆に、上司としての責任を回避しようとしていたからでもないと思う。局長も私と同様に「記者の逮捕」という異常な、大仰にいえばひとつの極限状況に呑まれてしまっていたのではなかったか。

結局、その晩、局長と私は何ひとつ重要なことを話さず眠った。

一九七二年一月九日。朝早く起きた局長と私はホテルで朝食をとった。レストランにあるその日の朝刊を開いてみた。社会面に〈「朝日ジャーナル」記者今日逮捕〉という記事が出ていた。自分が逮捕される記事を読みながら朝食をとるのはどこかブラック・ユーモアの世界の出来事に思えた。記事のなかの自分がまったく別人のように感じられた。この時だけはあまりに異様なことに接したため、かえって私は自分が冷静だったのを覚えている。まるで他人事のように私は自分の逮捕の記事を読んだ。自分の写真をながめた。

局長と私は車で埼玉県の草加警察署に向かった。早朝なので道路はまだすいていた。車のなかでも局長と私は話らしい話をしなかった。つとめて冷静に日常的な、さしさわりのない話をした。

草加警察署に着くと私はすぐに取調室に連れていかれた。大柄の、いかにもたたきあげの刑事が〝手ぐすねひいて待っていた〟という感じですぐに取調べを始めた。はじめは住所、氏名、年齢、略歴、といったところから。そして徐々に事件に入ってゆく。取調べはその日一日、夕暮れ時まで続いた。それでもまだ事件の入り口にしかいかなかった。これは最大限、二十三日間勾留されるなと思った。その間、連日の取調べに「否認」を押し通すことができるのか。

夕方になってその日の取調べは終わった。私は手錠をはめられ護送車に乗せられて浦和市の警察署に移された。そこの留置所に入れられた。以後二十三日間、そこが私の寝泊まりする場所になった。

　留置所は独房が半円の形で十ほど並んでいた。もう少しありていにいえばオリが並んでいた。容疑者はそのオリに入れられる。つまりは〝ブタ箱〟である。私の他はやくざが多いようだった。〝牢名主〟的なやくざのひとりがオリ越しに私に話しかけてきた。「政治犯」だと判断すると彼はいちおう私に敬意を払ってくれた。「ご苦労さんです」と彼はいった。そのユーモラスな言葉が緊張しきっていた私の神経を少しだけ和らげてくれた。

　私の隣りのオリにいた中年男は照れ臭そうに強姦未遂で捕まったと自己紹介した。「ちゃんとやってから捕まるならいいけど未遂で捕まるなんてさえないよな」と男はしきりにボヤいていた。私は彼らに奇妙な連帯感を感じた。この日から二十三日間、夜遅く取調べが終わって自分のオリに戻ってから彼らと四方山話をすることだけが気持の和らぐ時だった。もちろん看守によっては少しでもわれわれが私語を交わすと怒鳴りつける者もいたが、たいていはあまりうるさいことをいわなかった。グアム島で日本兵が発見されて日本中が騒いでいると〝シャバのニュース〟を教えてくれる者もいた。私は自分が記者として体験的留置所生活を書くためにここにいるのだと錯覚したりした。保釈されてここでの生活を書けたら……。

しかしもちろん現実はそんな甘いものではなかった。次の日から連日、取調べが始まった。取調べは早朝から夜遅くまで続いた。私が警衛腕章をKから預かったという「容疑事実」を否認すればするほど取調べの時間は長くなった。朝から晩まで二人の刑事と向き合った。一人は最初の日に私を取調べたベテランらしい刑事、もう一人は私より若い刑事だった。ほとんど年上の刑事が私に質問し、若い刑事が調書をとった。

Kとの付き合いのこと、いつどこで会ったか、何回会ったか、事件後会ったか。日がたつにつれて質問の内容が実にこまかくなるのに私は驚いた。Kは逮捕後警察に私との関係を実にことこまかに話してしまっていることがわかった。事実を話しているだけでなく、ほとんど私を彼らの仲間、同志としていることもわかった。これは「逃走援助」や「証憑湮滅」だけではすまないかもしれない。すでに滝田修には「強盗致死容疑」で逮捕状が出ていた。私にも「証憑湮滅」よりももっと重い殺人教唆の容疑がかけられるかもしれない。Kは「私に教唆された」といっているかもしれない。私に対して心証を悪くしている警察は「証憑湮滅」を殺人教唆に切り替えるかもしれない。正直なところそれがいちばん怖かった。そうなったらもうジャーナリストとしての生命が終わるだけではなく自分の人生そのものが滅茶苦茶になってしまう。

それを避けるためにはどうしたらいいのか。当初考えていたとおり容疑事実を「否認」し続けたほうがいいのか。それとも「証憑湮滅」を認めてしまって検察や警察の心証をよくしたほうがいいのか。

どちらにしたらいいのか私はひとりで考えなければならなかった。逮捕されてしまった以上もう誰にも相談できなかった。外部の状況はわからなかった。事情聴取されている先輩記者たちが刑事や検察官にどういうことを話しているのかまったくわからなかった。何日かに一回、弁護士が「接見」に来てくれたが、時間は極端に限られていたし〝金網越し〟の会見だったので重要なことはほとんど話すことができなかった。

逮捕されて九日間、私は容疑事実を「否認」し続けた。この段階ではもう「ジャーナリストのモラル」を守るためというより、自分の身を守るために私は「否認」するほか手はなかった。大先輩のY・N氏が最後に私に間接的にいった「すべてをフィクションにする」という方法をとるしかなかった。これまでずっと警察と対立し続けてきて、自分の語ってきたことを崩せなくなっていた。その間、取調べの担当は刑事から検察官に替わった。朝早くオリの中で粗末な朝食をとるとすぐに車に乗せられて埼玉地検に連れていかれた。そこでNという検事の取調べを受けた。取調べは夜八時、九時までかかった。緊張で一日が終わるとぐったり疲れた。〝牢名主的〟なやくざはそんな私に「それでもあんたはいいよ。取調べがあるってことはそこでタバコを吸わせてもらったり、カツ丼とかうまいものを食わせてもらったりできるんだから。おれなんかもうずっとここに入れられたままだから毎日毎日、退屈で苦しくて仕方がない」といった。そういう見方もあるのかと驚いたものだった。

地検で偶然会った川口だったか浦和だったかのストリッパーたちのことも忘れられない。彼女たちはワイセツ容疑で逮捕されて勾留されていた。ある日、廊下で取調べを待つあいだ彼女たちと並んで椅子に坐っていた。そのなかの一人が私の顔をじろじろ見て、それからいいにくそうな感じでいった。「あんたのこと知ってるよ。このあいだ新聞に大きく出ていたからね。がんばりなよ」。なぜかその言葉がとてもうれしかった。

取調べといっても結局はひととひとのコミュニケーションだ。おのずからそこに相性が出てくる。私を最初に取り調べた刑事には反発しか感じなかったが、Nという検事は物腰が柔らかくいろんな意味で「話しやすい」人間だったことは確かだ。「否認」を覚悟した被疑者が取調べの検事に「話しやすい」という印象を持つことは考えてみればおかしなことなのだが、この印象は否定しえないものとしてあった。

ストリッパーたちと私が話しているのを見ると、この検事は私にこんなことをいった。「裸を見ている客のほうは逮捕されないのに、裸を見せなきゃならないストリッパーのほうは逮捕される。おかしな話だね、これは。彼女たちを取り調べるたびに矛盾を感じるよ」

おそらく私が彼を「話しやすい」と思ってしまったのはそれからだろう。

しかしN検事は、物腰の柔らかさとは正反対に取調べはきびしかった。「否認」し続ける私に「われわれは君がKの仲間だという疑いを捨てていないよ」とにこやかに恫喝(どうかつ)した。

「刑事たちのなかには君が〝赤衛軍〟のプロパガンダ係だと考えている者もいる。君が容疑事実を否認し続けているのは君が確信犯だからではないのか」

N検事はこうも付け加えた。「すでに君の逮捕と同時に朝日社内の君の机とN記者の机を家宅捜索した。君が否認し続けるならわれわれの家宅捜索範囲はもっともっと広がるかもしれないよ」

そして――、逮捕されて十日目の夜、私は地検の取調室でN検事に容疑事実を認めた。私は敗北した。Kから事件の証拠物件である腕章を預かったこと、それを同僚のU君に預けたこと、のちにU君にその焼却を頼んだこと。すべての容疑事実を認めた。

検事のにこやかな恫喝に負けた。勾留十日目で肉体的にも精神的にも疲れ切っていた。

N検事は論理的な追及にも長けていた。「Kと君の供述を比較すると百の事実のうち九十九までは一致する。ところが腕章のことだけが一致しない。Kは君に渡したといい、君は受け取っていないという。百の事実のうちのたった一つだけの供述が二人のあいだで食い違っている。とすればどちらかがウソをついていることになる。どちらがウソをついているか？　君だと考えるほうが自然だろう？　ウソをつくことによって守る利益は君のほうがはるかに大きいのだから」。この論理的な攻め方は〝敵ながら〟実に説得力があった。
「すべてをフィクションにする」ことは結局私にはできなかった。これで「証憑湮滅罪」は成立した。この罪だけで終わるのか、それとも彼らはさらに〝追いうち〟をかけてくるのか。「証拠物件を焼却したのだからやはりあいつは〝赤衛軍〟のメンバーだ」と判断され、さらに新しい罪で追及するのか。

朝日新聞社との関係を考えるとさらに気が重くなった。私は直接の上司であるY出版局長に事実を明らかにしなかった。社員として重大な誤りを犯した。社は当然、懲戒免職にするだろう。クビにするだろう。この事件に直接関係のないU君の名前を出してしまったのも彼との信頼を裏切ったことになった。それを考えるのもつらかった。私が自分で腕章を焼却処分したといえばよかったのだが、そうすればまた別の「フィクション」を作らなければならない。検事は当然、どこでと追及してくるだろう。そこでウソがバレたらまた新たに心証が悪くなってしまう。しかしそれは結局は私の言い訳でしかない。私はやはり同僚の名前を出すべきではなかった。このことは私の心の負担になった。U君に申し訳ないという気持が重く残った。

夜遅くなって私はまた車に乗せられて留置所に戻った。運転をしている若い刑事はカーラジオを聴いていた。ラジオからは当時のヒット曲、天地真理の歌が流れていた。「さよならの言葉さえいえなかったの」

翌日、弁護士が「接見」に来てくれた。彼を通して私は、私が昨夜腕章の処分を認めたあと朝日新聞社が私を即刻懲戒免職にしたことを知らされた。私はもう言葉もなかった。一種の虚脱状態におちいっていた。それでもまだ勾留期間は十日以上も残っていた。これから始まる新しい取調べに対して新たになんとか対応しなければならなかった。

弁護士が帰ったあと、こんどはまた刑事の取調べが始まった。開口一番彼は「私の不徳のいたすところで」といった。はじめその意味がわからなかった。やがて彼は、私が刑事に対しては「否認」し続け、N検事に対して被疑事実を認めたことにいい感情を持っていないのだということがわかってきた。つまり刑事は、私を〝落とす〟(被疑事実を認めさせる)ことができなかったことで、〝手柄〟をN検事に持っていかれたことを口惜しがっていたわけだ。権力の内部でも、検察と警察とのあいだにライバル意識があるとわかってなんだか少しおかしかった。

その日から刑事とN検事の取調べが交互に始まった。夕方までは検察でN検事の取調べがあり、夜になると刑事の取調べがあるという日もあった。

取調べの内容は、私が腕章の処分を認めてからは次第に私と滝田とKの関係に入っていった。「証憑湮滅」が成立したのでその次を考えているのではないかという怖れに終始悩まされた。N検事はつねに「われわれの内部では君がより重い罪の追及を免れたいためにあえて『証憑湮滅』という軽い罪のほうを認めた、という意見がまだある」とにこやかにいうことを忘れなかった。その次になるのを回避するためにはもう知っている事実を話すしかないと私は覚悟した。「フィクション」はもう嫌だった。それに私が赤衛軍のメンバーでないことを明らかにするには、Kや滝田とのこれまでの関係を話してしまったほうがいいと判断した。

ただ滝田との関係を警察や検事に話してしまうことは厳密にいえばこれもまた「ニュース・ソースの秘匿の原則」に関わる重要な問題だった。滝田との関係はあくまでも取材記者としてのものだった。とすれば滝田について私が知っている情報をここで警察や検察に話すことはジャーナリストとして失格ということになる。

事実、そのことでのちに私は何人かのジャーナリストに強く批判された。「川本は逮捕されてから気が弱くなった」「逮捕されてから警察に協力した」と。しかしこの段階では私は自分の身を守ることで精一杯だった。正直、自分のことが可愛かった。これ以上もう傷つきたくなかった。それが悪い、甘い、ずるいといわれたらもう反論の言葉もない。

私はN検事にも滝田との関係を話してしまった。「取材上知り得た情報」を彼らに明らかにしてしまった。それで彼らは私に対する心証をよくしたのか、あるいは「証憑湮滅」だけで充分に所期の目的を果たしたと満足したのか、あるいはまた単純に事実関係からみてそれ以上の罪を考えるのは無理と判断したのか、そのあたりは私にはわからなかったが彼らは「証憑湮滅」罪の起訴だけで終えることに決めた。〝その次〟はなかった。私はほっとした。しかし、心が晴れなかった。自分を守るために「取材上知り得た情報」を結局権力に明かしてしまった……。最後の、最後で権力に妥協し、屈服し、ジャーナリストのモラルを捨ててしまった。私はもう今後、社会部のT記者を批判することはできないだろう。自分自身をジャーナリストだと胸を張っていうことはできないだろう……。

二十三日間の勾留のあと、私は留置所を保釈されることになった。その日、何日間かをいっしょにここで過ごした〝オリのなかの仲間〟に別れをつげた。私がここに来る前から入っていてまだ保釈にならない者が二人いた。一人は「保釈金が払えない」という理由でずっと勾留されている窃盗犯。もう一人が〝牢名主〟的な存在の川口のやくざだった。彼は私が「お世話になりました」と頭を下げると「川口に来たらおれの組に寄ってくれ」と笑った。

何ひとついいことなどなかった留置所での生活のなかで、このやくざのことだけは楽しい思い出になった。彼とはある晩、夜中にいっしょに〝釣り〟を楽しんだことがあった。

〝釣り〟とはこういうことだった――。何日も留置されたままの彼はなんとしてもタバコを吸いたい。ある日、〝オリの仲間〟が取調べのときに手に入れたタバコを看守の目を盗んで彼に差し入れた。貴重な一本のタバコ。しかし問題は火である。オリのなかにはもちろんマッチなどない。ちょうど冬だったので留置所のなかには扇形に並んだオリのちょうど扇のかなめのところにストーブがあった。それが狙いだった。看守が夜中にうつらうつらしはじめたときを狙ってストーブの火を盗む。しかしオリのなかとストーブは三メートルほどの距離がある。それをどうするか。

そこで〝釣り〟が始まるわけだ。〝釣り竿〟というのは川口のやくざ氏がひそかに雑誌（古雑誌はオリのなかで読むことが許されていた）の紙を破いて、それを丹念にまるめて筒状に巻いたものである。釣り竿のように細長い、紙の筒である。それをそっとオリからストーブの火に伸ばすのである。

ある晩、彼は、看守が眠りこけてしまった隙を見て、そっと〝釣り竿〟をストーブに伸ばし始めた。その日、夜中に彼が〝釣り〟をやるとそれとなく知らされていたわれわれは固唾（かたず）を呑んで彼の〝釣り〟を見つめた。そして彼がみごとに成功しタバコに火をつけ煙を吐き出したとき、われわれは音が出ないように静かに拍手をした。

保釈の日、私は彼に挨拶して留置所を出た。二十三日ぶりに外に出て空気を吸うとやはりほっとした。浦和市まで友人たちが何人か迎えに来てくれていた。朝日の同僚たちもいた。当時はまだ駆け出しのルポライターだった友人の吉岡忍君も来てくれていた。彼らの顔を見てうれしかった。しかし同時につらくもあった。私はいろいろな意味で負けたのだから。「否認」し続けることができなかった。U君の名前を出してしまった。そして滝田に関して「取材上知り得た情報」を警察に明らかにしてしまった。保釈されても心は重かった。二月の寒い時期だった。じっとしていても背中が丸くなっていた。

保釈されてから新たな問題が起きた。まず裁判をどう闘っていくか。もうひとつは懲戒免職処分に対して朝日新聞社とどう闘っていくかだった。

結論を先にいえば私はもうどちらの「闘い」もしたくなかった。もう「闘い」が嫌だった。できたら東京を離れ京都の親類の家に行ってしばらく静かに暮らしたかった。

友人たちの何人か、あるいはこの事件に関心を持った外部の革新的なジャーナリストの何人かは「断固、裁判で権力と闘うべきだ。それがジャーナリストとしての義務だ」「朝日新聞社に対しても不当解雇として争うべきだ」と主張していた。朝日の同僚のなかにもそういう人たちが何人かいた。「弱気になってはダメだ」と叱咤する人もいた。彼らの善意は有難いと思ったが私にはもう「闘う」気力がなかった。

負けたあとにはもう胸を張って「闘う」ことなどできないと思った。U君に対する申し訳ないという気持もあった。U君だけでなくいろいろな人たちに迷惑をかけてしまった。私と酒をいっしょに飲んだというだけで事情聴取された人もいた。私と滝田がたまたまそこで酒を飲んだというだけで事情聴取された飲み屋もあった。そういうことを考えるとまた私が「闘う」ことはできないと思った。それと正直なところKとの付き合いから始まったこの約一年に及ぶ事件の連続に私は心身ともに疲れ切っていた。八月の朝霞事件以来一日として気が休まる日はなかった。いまはただ「静か」にしていたかった。もう「ことを構える」気にはなれなかった。

それで私を支援してくれている人たちに裁判闘争もしたくないし、朝日新聞社と処分をめぐる訴訟もしたくないといった。それで「弱気だ」「全面降伏だ」と批判された。なかには「朝日新聞の上層部からうまくいいふくめられた。何か〝密約〟があって闘わないに違いない」とまでいう人もいた。

そういう声を聞けば聞くほど私は身を縮ませた。だんだん他人と会うことが嫌になってしまった。いろんなことから逃れるために毎日のように東京の知らない町を歩いた。墨東や江東の裏通りを歩いた。逃げるようにして場末の映画館でアメリカのB級映画を見続けた。

そして保釈されてから二週間ほどたって決定的な事件が起きた。

連合赤軍事件だった。

あさま山荘での派手な銃撃戦で始まったこの事件はやがてリーダーたちの逮捕のあと、組織内部で凄惨な「総括」、殺人があったことが明らかになっていった。群馬県の山のなかから次々に遺体が発見されていった。おそらくこの時代、全共闘運動をはじめとする新左翼運動に何らかの形で関わった者でこの事件に衝撃を受けなかったものはいないだろう。「連帯」や「変革」

といった夢の無惨な終わりだった。自分たちが夢みたものが泥まみれになって解体していった。そして（おそらくは）誰もそれに対して批判すらできなかった。ただ自分たちの夢みたもの、信じようとした言葉がひとつひとつ死んでゆくのを黙って、呆然として、見つめるしかなかった。沈黙する以外になかった。そこからいつの日か再生できるのかどうか誰にもわからなかった。

山のなかから遺体が次々に発見されてゆくにつれ、私はもう新聞を開く気力もなくなった。テレビのニュースも見たくなかった。

事件のことを人と話すのも嫌だった。自分の事件のことも連合赤軍のこともすべて忘れてしまいたかった。敗北が痛いほどわかった。もう「闘い」をしたくなかった。もしいつの日かまた「闘い」をすることができるのなら、それはもういまのような形での「闘い」では絶対にないと思った。

私は朝日新聞社の懲戒免職処分を受け入れることにした。Y出版局長から正式に処分の書類をもらうことに決めた。それは単なる手続き上の儀式にしかすぎなかったが、気持の整理をつけるためにこの儀式だけはしておこうと思った。さすがに新聞社の建物のなかに入る気力はなかった。新聞社の向かいにあるニュートーキョーの並びにある喫茶店に入り、そこからY局長に電話をして来てもらうことにした。

喫茶店で私はY局長から「懲戒免職」の書類を受け取った。局長も私も言葉らしい言葉をかわさなかった。儀式が終わると局長は横断歩道を渡って新聞社に戻っていった。私は喫茶店のガラス越しにそのうしろ姿を見送った。わずか百メートルほど先にある新聞社の建物がずっと遠くに見えた。

その年の九月二十七日、私は浦和地方裁判所で懲役十カ月、執行猶予二年の判決を受けた。控訴はしなかった。

そのころ私の気持を支えてくれたのは詩人、清岡卓行の「青空」という詩だ。

追いつめられて真に戦おうとする弱者が
親しい仲間の誰をも信じられず
思いがけない別れの町角で　ふと抱く
悲しく冷たいこころの泉のように。

どこまでも澄みきって遠ざかる青。
しかし　そこから滲みでる優しさだけが
今日のぼくの夢のない痛みを支えるのだ。

あとがき

　文章を書く生活を始めてから十五年以上になるがその間、私は主語をつねに「僕」ではなく「私」にしてきた。はじめのうちは無意識にそうしていたのだが途中から意識して「私」を使うようになった。「私」と「僕」の区別などたいした違いはないように思えるが、私にとってはなぜか「僕」は使ってはいけない言葉に思えてならなかった。そのことをいま説明するのはとても難しい。あえていえば、私は「私」を使うことによって浮いた気分、軽やかな気持を禁止しよう、抑制しようとしてきたのかもしれない。「僕」を使えば言葉がハイ・キーになめらかになるところをあえてロー・キーの「私」を使うことで私は自分に枷をはめよう、自分を窮屈にしようとしてきた。表現者はふつう自分を自由にしようとするのに、私はその逆をしようとした。といってもなにか大仰な文章上のスタイルの変革を試みようとしたのでは決してない。ただ私には「私」を使うしか自分を表現する手だてはないと思い込み続けてきたのだ。

　一九七二年一月、当時「朝日ジャーナル」の記者をしていた私は、前年夏に起きた朝霞自衛官刺殺事件を取材することになり、その過程で起きた「証憑湮滅」の行為により埼玉県警によって逮捕され、そして容疑事実を認めた段階で、朝日新聞社を馘首された。二十七歳のときだった。

この出来事がその後、長く私の生活、文章表現、あるいは性格や人間に対する態度にまで、重くのしかかることになった。映画のこと、文学のこと、あるいはマンガのこと、さまざまな評論を書いても、最後のところで、七二年の出来事が思い出されてしまい、そこでいつも言葉がつかえつまずいてしまった。屈託が心のどこかに沈んでしまっていて気が晴れることがなかった。人とつきあっていても心底言葉を通じ合わせることができなかった。客観的にいえば私もまたメランコリーにとらわれていたのだろう。

そんな状態からなんとかのがれようと何度か七二年の出来事を言葉にしようとした。言葉にし、あの出来事を私の身からはがしとろうとした。しかし何度試みてもうまくいかなかった。そうであればあるほど私は「私」のなかに閉じこもる他なかった。

しかし、三年ほど前から、徐々に七二年の出来事を距離を置いて見られるようになってきた。「私」と書いてもそれはあくまでも作品のなかの一登場人物であるにすぎないとクールに見られるようになってきた。やはり時間という力に私は救われてきたのだと思う。そのころから七〇年当時はまだ小学生や中学生だったような若い友人がふえてきた。彼らと話しているといつのまにか屈託がとれ、素直に言葉が出てくるようになった。身構えたり、萎縮したりすることがなくなった。いまなら書けるのではないかと思った。自分が本当に再生するためには、思い出したくない出来事、忘れてしまいたい人間たちのことを、正確に言葉にし、あるいはそれらに言葉を与え、そうすることで出来事の重さからのがれなければならないと思った。

私の事件は、ジャーナリズムの歴史のなかで見れば、六〇年代後半に大学を中心に生まれた新左翼運動が権力によって鎮静化されてゆく過程で起きた、権力によるジャーナリズムへの介入ととらえることができるだろう。ただ私には七二年の出来事をそんなふうに客観的にだけ語ることはできなかった。より個人の側にひきつけてひとつのメモワールとして書きたかった。きわめて政治的な事件を心情的にとらえたかった。出来事というのはつねに個人の身に起こるときには、その個人の内面感情にそって起こるものだから。

しかしいくら個人化してもあの出来事はすでに社会性をおびてしまっている。恋愛や肉親の死なら個人的に描くこともできるが七二年の出来事は個人性だけでは処理できなくなっている。個人性と社会性の両方をどうとらえてゆけばいいか。それを考えながら書いていった。

あの時代、新左翼運動に共感した企業内ジャーナリストが、過激派と呼ばれる突出した政治組織の行動を取材するとはどういうことだったのか。

社会性という点でいえば私はただそのことだけを読む人に考えてほしかった。私は自分を誡首した朝日新聞社を批判したり、あるいは事件と関わった何人かの記者を批判したりしたかったのではない。ジャーナリストにとってのモラルとは何なのか、その原点だけを考えたかったのだ。

一連の出来事のなかで私はなんとか取材源の秘匿というジャーナリストのモラルを守ろうとした。しかし事実の流れが錯綜してゆくうちにその基本的な問題から私はどんどんはがされてゆき、最後は「証憑湮滅」という犯罪に直面させられた。私は「記者」ではなく「犯罪者」になった。事実の流れが変わったら意味が変わった。ジャーナリストのモラルより腕章を焼いたかどうかという事実のほうが重要になってしまった。新左翼運動の取材における記者のモラルというスタートの問題が忘れられ、私の性格の弱さとか記者としての未熟さといった個人の問題にすべてが還元されていった。そのことを考えると私はいまでも無念の気持を抑えることができない。

といって私は犠牲者のように自分を描くこともできはしなかった。逮捕されたあと友人の名前を権力の前で口に出してしまったのだから。権力に一人で対抗することができなかったのだから。そのことの責めを私は明確に負わなければならないだろう。「もう疲れたから」「闘う気力がなくなっていたから」はエクスキューズにはならないだろう。私が「僕」というイノセントな主語をどうしても使えないひとつの理由はこの「負債」があるためでもある。

ただこうも思う。たとえば私はザ・バンドの歌う「ザ・ウエイト」という曲がとても好きだ。とくに「重荷をおろして自由になるんだ、君の重荷は私にまかせるんだ」というリフレインが。その言葉を繰り返しつづけていたらいつか重荷がなくなるのではないかと思ったりする。そのときには「私」ではなく「僕」を主語にして軽やかな文章が書けるのではないか。「苦悩の叫びのひびきがいかに美しいものであろうと、ふたたびそれを聞こうと望んではならないのだ。苦悩を癒やそうとすることのほうがより人間にふさわしい」というシモーヌ・ヴェーユの言葉を借りれば、私も「苦悩を癒やし」たいのだ。

一九四〇年生まれ（私より四つ上になる）のアメリカの女性作家ボビー・アン・メイソンの『インカントリー』を読んでいたら、ビートルズやドアーズを通じてあの熱っぽい六〇年代に憧れを抱く十七歳の娘サムに、シックスティーズ（六〇年代世代）の母親がこんなことをいった。「（六〇年代は）いい時代なんかじゃなかったのよ、サム。いい時代だったたなんて思わないことね」

たしかに私（たち）にとってもあの時代は「いい時代なんかじゃなかった」。死があり、無数の敗北があった。しかしあの時代はかけがえのない〝われらの時代〟だった。ミーイズムではなくウィーイズムの時代だった。誰もが他者のことを考えようとした。ベトナムで殺されてゆく子どもたちのことをわがことのように考えようとした。戦争に対してプロテストの意志を表示しようとした。体制のなかに組み込まれてゆく自分を否定しようとした。そのことだけは大事に記憶にとどめたいと思う。

それにあの時代にはストーンズがいた、ＣＣＲがいた、『俺たちに明日はない』があった、『イージー・ライダー』があった……。「いい時代なんかじゃなかった」とはいっても、ＣＣＲの「フール・ストップ・ザ・レイン」を聴けばいまでも心が熱くなる。それだけで「いい時代だった」と思いたくなる。「いい時代なんかじゃなかった」と「いい時代だった」、その両極に引き裂かれていまの私（たち）があるのだろう。

ボビー・アン・メイソンの『インカントリー』には当時のロックについての絶妙な定義がある。「ロックンロールというのは悲しいことを楽しく歌った曲だ」。きっとあの時代は「楽しさ」と「悲しさ」の両極が同時に生まれては消えていた時代だったのだろう。そして打ち明ければ、私はやはりあの時代のことがいまでも好きなのだ。あの時代に青春を生きた人間が好きなのだ。だからこの本は六〇年代への遅すぎた愛情告白でもある……。

本書の文章は雑誌「SWITCH」に発表したものである。私はこの雑誌と、二人の若い編集者、新井敏記さんと角取明子さんに出会ったことを本当に幸福だと思っている。当初、連載が始まったとき、彼らも私もこんなものになるとは（おそらく）思っていなかった。私はただ六〇年代のさまざまな出来事をさらりと客観的に書くだけのつもりだった。しかし連載が続くにつれて、七二年の出来事にどうしても触れざるを得ない状況になってきた。あるとき新井敏記さんと角取明子さんは「銀座で会いませんか」と私を誘った。小さなビヤホールでビールを飲んだ。私はいつものようにさらりと話を終えようとした。しかしその夜、二人は、私に真剣な表情で「事件のことを書いて下さい」といった。私は自然に「書きます」といった。いままであれだけ身を固くしていたのに二人の前では素直にそういえた。力を抜いて二人の言葉に身をまかせることができた。ザ・バンドが歌っている「重荷を私に預けなさい」という「私」はこの二人なのだと思った。

しかしいざ書き始めてみるとやはり筆がすすまなかった。私は事実を正確に書いているのか。結局、自己正当化しているだけではないのか……。言葉がつかえ締切りに何度も何度も遅れてしまった。逮捕されてゆくところは何度書いても書き切れなかった。そのたびに二人は電話で励ましてくれた。それでも書けなかった。ある夜、角取さんは私を訪ねてくれた。そして何十通という読者からの手紙を見せてくれた。私の連載に対する反響だった。あの時代まだ小学生だったような若い人たちからの励ましの手紙だった。一枚一枚読んでゆくうちに不覚にも涙が出た。それに励まされ、次の日、ようやく原稿を書きあげることができた。角取さんに「ようやくできた」と電話した。夜遅くだったが角取さんはわざわざ私の家まで原稿を取りに来てくれた。自分の背より高い大きなヒマワリの花を何本も持って！

新井敏記さん、角取明子さん、本当に有難う。

そして実に熱心に文章を読み直し、貴重なアドバイスを与えてくれた河出書房新社の樋口良澄さんと装幀を引き受けて下さった坂川栄治さんに心から感謝したい。この本には不幸な出来事ばかり出てくるが、本の成立そのものはなんだかとても幸福だったような気がする。

本書の題名はボブ・ディランの曲からとった。この曲にはザ・バーズとキース・ジャレットのカヴァー・ヴァージョンもある。どれも素晴らしい。

この曲のリフレインの歌詞が好きだ。「あのころの僕はいまより年をとっていた。いまの僕はあのころよりずっと若い」。本書を書き終えたいまでもまだ私はあの出来事を正確に書いていないような心残りがある。ためらいやとまどいがあって書き切れない部分がいくつもあった。だからいまからまた何年かたって「いまの僕はあのころよりずっと若い」といえるときに、またあの出来事を書かなければならないような気がする。


（一九八八年十二月記）

三つの時間　新装版刊行にあたって

今年の七月で六十六歳になった。

もう完全にシニアである。そんな人間がこの本を読み返してみると、なんだか自分が書いたものではないような不思議な思いにとらわれる。一九六〇年代の後半から七〇年代のはじめの二十代の自分が自分ではないような気がする。それほどもう遠い出来事になってしまった。

一九八八年に河出書房新社から出版した本の復刊である。二十二年ぶりになる。時の流れの早さにいまさらながら驚く。

プロデューサーの根岸洋之さんの力で映画化されることになったのが復刊のきっかけである。忘れられていた本がもう一度陽の目を見ることになった。

無論、有難い気持が強いが、同時にまた、若い頃のぶざまな姿をさらすのかと思うと、正直ためらいもある。

近年、一九六〇年代のあの熱い政治の季節が再び語られるようになっている。安田講堂事件からもう四十年以上たっている。否応なく歴史になっているからだろう。私の事件も一九七二年だから、あれから四十年近くなる。

挫折、敗北の物語である。暗い。まっとうなジャーナリストになりたくて結局はなれなかった男の冴えない話である。

そんな本に目をとめて下さった根岸洋之さんにまず感謝したい。まだ四十代の根岸洋之さんは一九七二年当時は当然、子供。私の事件のことなどまったく知らなかったという。ある日、古本屋でこの本を手に入れ、私の暗い過去、「前科」を知り、驚いたという。

確かにいまの若い人たちは私の過去などは知らない。ふだん仕事で付き合う若い編集者の多くは、あの時代のこともよく知らない。それはそれで気が楽なことで、私のほうから昔話をすることはまずない。

監督、脚本に決まった山下敦弘(のぶひろ)さんと向井康介さんはこれまでの作品が好きな若手の映画人だが、一九七二年当時まだ生まれていなかった。そんな若い人があの事件をどう描くのか。

「からだの中に深いさけびがあり
　口はそれ故につぐまれる
からだの中に明けることのない

夜があり
眼はそれ故にみはられる」

谷川俊太郎の「からだの中に」という詩の一節だが、あの事件を振り返るとき、いつもこの言葉にゆきあたる。

人が一人、死んでいる。しかも私はそれを阻止出来るかもしれない立場にあった。しかしそのためには、警察に通報しなければならない。無論、普通の事件ならためらうことなく通報する。ただ、「あの男」はいかがわしい人物ではあったが、それなりの「思想犯」だった。その場合、警察に通報したら私は「取材源の秘匿」というジャーナリストの基本、生命を失うことになる。

どうすればよかったのか。いまでもわからない。その意味では、四十年近く前の事件はいまでも現在形の問題になっている。プロデューサーの根岸洋之さんがこの本に興味を覚えたのもその現在性、そして、組織のなかの個人という普遍的な問題があると感じ取ったからだろう。

もともとは「ＳＷＩＴＣＨ」といういまはメジャーになってしまったが、当時はまだ小さな雑誌に一九八六年から八七年にかけて連載したものである。

事件から十年以上たって、ようやく私も自分の事件を少し距離を置いて、客観的に書けるのではないかと思うようになっていた時期だった。

また、朝日新聞社を辞めさせられ、その後フリーの文筆業になった人間として、自分の事件について自分なりの結着をつけなければいけないという義務感もあった。

正直、あまりに不名誉で情けない事件なので書くことにはしばしば苦痛が伴ったが、自分がフリーの物書きとして立ってゆくには、「あの事件」のことを書かなければという追いつめられた気持もあった。

出版直後、丸谷才一さんが「週刊文春」（89年1月26日号）の書評で「比類ない青春の書」と賞めて下さったことは何よりもうれしく励ましにもなった。「（略）どう見ても愚行と失敗の記録であつて、それゆゑ文学的だ」という言葉に救われる思いがした。あれは誰が言ったのか。「文学は敗者を弔う一掬の涙であっていいのではないか」。文学だけが挫折した者の小さな低い声に耳をかたむけることが出来る。私が事件のあと文芸評論の道を選んだのもこのことと大きく関わる。ものを書くようになってから生まの政治について語ることは自分に禁じている。その資格はない。生きてゆく場所は文学にしかない。

二〇一〇年のいま、自分のなかに「三つの時間」が流れている。「あの事件」のただなかにいた二十代の自分と、それから十年以上たって、ようやく過去のことを書けるようになった四十代の自分、そしていま、この「あとがき」を書いている六十代の自分。

三つの時間が重なり合っている。

そのどれもが「自分」なのだろうが、本当にそうなのか。確信がない。ひとはよく「アイデンティティ」という。「自己同一性」と訳されるこの言葉の行きつくところ、結局は「自分の記憶」なのだと思う。

子供の頃の自分の記憶、青春時代の自分の記憶、大人になってからの自分の記憶……記憶が線のようにつながって、いまの自分がある。「現在の自分」は「過去の自分（の記憶）」の集積である。自己同一性は記憶によって保たれている。

しかし、私の場合、あの体験があまりに異様に突出しているために、記憶の連続性にいささか障害を起こしている。「あの頃」と「いま」が隔たっている。「あの頃」を思い出したくない、封印してしまいたいという気持が正直ある。

それでも六十六歳のいま、二十代の自分、そしてその体験を書いた四十代の自分のことを忘れるわけにはゆかない。大仰にいえば原罪のようなもの。ふだんは忘れていても、夜ひとりになった時など不意に「あの頃の自分」が現われる。「いまの自分」を見つめる。私は彼と向き合わなければならない。

巻頭に掲げた「それから　わたしたちは　大きくなった」は漫画家樹村みのりの「贈り物」という作品（74年）のなかの言葉。詩人の佐々木幹郎さんは「詩人の詩だと思った」という。連合赤軍事件を思う時、「72年の年の2月の　暗い山で　道にまよった」というシンプルな言葉が重い。「現代歌情」の項のフリーカメラマン「A氏」は朝倉俊博氏のこと。二〇〇四年の四月に癌のため亡くなられた。一緒によく仕事をした。デモの取材、歌手の取材、仕事のあとはよく飲んだ。あの日々が素直に懐しい。

一昨年の六月、三十五年連れ添った家内、川本恵子を癌で亡くした。五十七歳だった。二十代の私、四十代の私、そして五、六十代の私を支え続けてくれた家内になによりも感謝したい。新聞社を辞めたあとも苦労するのが分っていながら心を変えることなく付いてきてくれたことはいまも私の心の支えになっている。一緒に映画を見ることが出来ないのが寂しい。

家内の死のあとなんとか一人で暮している。私から見れば子供の世代になる若い編集者たちの友情の力が大きい。平凡社の日下部行洋さんには、家内の葬儀の時をはじめずっと世話になっている。日下部さんはいま四十代で一九七二年当時はまだ子供だった。大学生の時に「SWITCH」の連載を読んだという。そういう若い日下部さんに新装版を作ってもらう。感慨が深い。心から御礼申し上げる。

二〇一〇年　十月

平凡社ライブラリー版　あとがき

先だってある雑誌の担当編集者から近々停年退職するという挨拶のFAXをもらった。こんなことが書いてあった。

入社して早々、読んだ本が当時、出版された『マイ・バック・ページ』でした、と。

『マイ・バック・ページ』が河出書房新社から出版されたのは一九八八年のこと。その時に読んだ人がもう停年退職を迎えるのか。四十年近くたったことになる。私自身、昨年(二〇二四年)、八十歳になった。いまさらながら時がたつのは早い。

『マイ・バック・ページ』で回想したのは私の週刊誌記者の時代のこと。一九六九年から一九七一年にかけて、二十五歳から二十七歳の時である。この頃から数えると五十年はたっている。いま読み返すと、あの六〇年代の揺れ動く時代の青春は、自分のものであって自分のものではないようにも思う。

私にとっては悔いの多い青春だが、一生忘れられない青春でもある。

前述したように河出書房新社で『マイ・バック・ページ』が出版されたのは一九八八年。事件があまりに重いので、書くことには長いためらいがあった。十年以上たって、『SWITCH』という雑誌で、あの事件のこと、そしてあの時代のことを書くようにとすすめられ、幸い角取明子さんといういい編集者の励ましもあって、なんとか書くことが出来た。

思い出すのは正直つらいことだったが、物書きになった以上、恥多き過去のことに目をつぶることは出来ないと覚悟した。

一九八八年に単行本を出したあと、一九九三年には河出文庫に入った。フランス文学者の鹿島茂さんがとてもいい解説を書いてくれた。鹿島さんは一九四九年生まれ。私より五歳年下だが、やはり六〇年代の学生運動の熱気のなかで青春を過ごしている。作者の痛みを分かってくれたのだろう。

そのあと、二〇一一年に思いがけずに『マイ・バック・ページ』が映画化された。妻夫木聡、松山ケンイチ主演、向井康介脚本、山下敦弘（のぶひろ）監督。

映画は事件そのものに焦点を当てていたため、事件の背後にある六〇年代の青春という面があまり描かれなかったのは残念だったが、スタッフ、キャストとも私よりはるかに若い世代だったから仕方がない。それでも若い世代がこの本に関心を持ってくれたのはうれしかった。

その後、河出書房新社版は、単行本も文庫本も手に入りにくくなっていたので、映画の公開に合わせて二〇一〇年に平凡社が新装版を出してくれた。そしてこんど平凡社ライブラリーに入ることになった。いわば四度目の〝お務め〟になる。平凡社の編集者、日下部行洋さんに深く感謝したい。また解説として、亡き坪内祐三さんが、以前『國文學』誌に書いて下さった文章を再録した。坪内さんと、坪内さんの奥さん、佐久間文子さんに感謝申し上げる。

「人生には二つ、三つの物語しかない、しかし、それが何度も繰り返されるのだ。その度ごとに、はじめてのような残酷さで」。

クロード・ルルーシュ監督「愛と哀しみのボレロ」(81年)の冒頭に掲げられたアメリカの作家ウィラ・キャザーの言葉である。確かに、この本が繰り返し出版されるたびに私は、青春時代の挫折の苦さ、つらさを思い返さないではいられない。

それでも二〇一一年にうれしいことがあった。台湾の新経典文化という出版社が、この本を翻訳出版してくれたのである。

『我愛過的那個時代』(私はあの時代を愛す)というタイトルで。訳者は頼明珠さん。

この本が台湾で思いがけず話題になり、よく読まれた。というのは、前年(二〇一〇年)の春、台湾では「ヒマワリ革命」が起きた。国民党政権が進める台中接近のサービス貿易協定に、台湾の自主性を求める学生や市民たちが反対のデモをし、立法院議場を占拠した。

その熱い運動があったためだろう、日本の一九六〇年代から七〇年代にかけての反体制運動を背景にした拙著がよく読まれるようになった。あの時代、台湾は国民党政権下の戒厳令下にあり、日本の若者たちが何かデモをしているらしいとは伝わったが、詳しくは報道されていなかった。だから、拙著を読んで、日本でも「ヒマワリ運動」と同じようなことが起きていたことを知って共感したのだという。

これ以後、私は何度も台湾に行くようになり、友人も出来、すっかり台湾が好きになってしまった。

この二〇二五年の一月、六〇年代世代にとって忘れ難いイギリスの歌姫、マリアンヌ・フェイスフルが死去した。七十八歳。彼女の最初のヒット曲「アズ・ティアーズ・ゴー・バイ」(涙の流れるままに)はあの時代の美しいレクイエムになった。

二〇二五年三月

川本三郎

解説——川本三郎『マイ・バック・ページ』

坪内祐三

川本三郎の『マイ・バック・ページ』を、私は、今までに三度通読している。

一度目は初出で、つまり雑誌『ＳＷＩＴＣＨ』に連載（一九八六年二月〜八七年十二月）されていた時だ。

そして二度目は単行本（河出書房新社、一九八八年十二月）で。

その単行本版の「あとがき」で、川本氏は、

〈三年ほど前から、徐々に七二年の出来事を距離を置いて見られるようになってきた。「私」と書いてもそれはあくまでも作品のなかの一登場人物であるにすぎないとクールに見られるようになってきた。やはり時間という力に私は救われてきたのだと思う。そのころから七〇年当時はまだ小学生や中学生だったような若い友人がふえてきた。彼らと話しているといつのまにか屈託がとれ、素直に言葉が出てくるようになった。身構えたり、萎縮したりすることがなくなった。いまなら書けるのではないかと思った〉

と執筆動機を明らかにし、さらには、

〈しかしいざ書き始めてみるとやはり筆がすすまなかった。私は事実を正確に書いているのか。結局、自己正当化しているだけではないのか……。言葉がつかえ締切りに何度も何度も遅れてしまった。逮捕されてゆくところは何度書いても書き切れなかった。そのたびに二人は電話で励ましてくれた。それでも書けなかった。ある夜、角取さん（初出時の担当編集者——引用者注）は私を訪ねてくれた。そして何十通という読者からの手紙を見せてくれた。私の連載に対する反響だった。あの時代まだ小学生だったような若い人たちからの励ましの手紙だった〉

と語っているけれど、一九五八年生まれの私も、手紙を出したり、直接川本氏に会って感想を口にしたりはしなかったものの（私はちょうど、川本氏のこの連載が終了し単行本化されようとする頃、雑誌編集者となり、生身の川本氏と知り会うことになったのだが）、深く心動かされながら、毎号、静かに愛読していた「若い人」の一人だった。

この連載のどこに、私は、心動かされたのだろう。

一九六八年から七二年にかけての、時代のうねり、すなわちドライブ感は凄い物があった。しかも、一九七〇年を一つのピークとして、もちろん高度成長の豊かな消費社会はさらに発展して行ったとはいうものの、どこか、時代の空気は沈滞して行った。閉塞感が漂いはじめていた。少年でありながら、私は、そのドライブ感と閉塞感を確かに体感していた。しかしその感覚をうまく言語化することは出来なかった。

それを見事に言語化したのが川本氏の『マイ・バック・ページ』だった。一九六八年から七二年にかけての〝あの時代〟について、川本氏は、こう語る。

〈長いあいだ〝あの時代〟のことを忘れようとしていた。あまりに負の出来事が多かったから思い出したくなかった。あれはみんな悪夢だったのだと思い込もうとした〉

悪夢という言葉が他ならぬ川本三郎にとって、特別のリアリティを持っていることを私たちは知っている。〝あの時代〟について、川本氏は、また、こうも言う。

〈〝あの時代〟のことは忘れたいという気持と、負の出来事ばかりだったとしてもあの時に信じようとした理念、いや、理念以上の理念を信じようとした想いだけはいまこの瞬間でも肯定したいという気持が錯綜していた。そして時代が明るくなればなるほど（しかし本当に明るいのだろうか）〝あの時代〟を自分のなかで救い出したいという気持が強くなった。だが救い出すといってもどんな手だてがあるのだろう〉

激しい時代だったからこそ、ささやかな幸福に満ちた一瞬が、かえってきわ立つ。私は、雑誌連載時に、話の脇道ともいえる、そういう美しいシーンを愛読した。

一九六九年の夏に井の頭公園で出会ったフォークソング好きの「マンガ家の卵」三橋乙揶

（武蔵野たんぽぽ団のシバ）や、『週刊朝日』の表紙モデルだった「サチエ」（保倉幸恵）と映画『ファイブ・イージー・ピーセス』を観た時のエピソード。そして「町はときどき美しい」の章で描かれる喫茶店「ぽえむ」を中心とした阿佐谷界隈（都心が一種の戦闘の場と化しつつある時代にあって、新宿から中央線で二十分ほどいった阿佐谷をはじめとする中央線沿線の各駅は、彼らの、ひと時のドロップアウトをゆるしてくれる休息空間で、これは、『荻窪風土記』の井伏鱒二以来の伝統でもある。私はいつか川本氏が、この章を発展させて、『荻窪風土記』の戦後版ともいえる『阿佐谷風土記』という長篇をものしてくれることを願っている）。

さらには、「みんなが何かに憑かれ」、「他人に怒るというより自分に怒って」いる中ではじまり、怒号と混乱の中で、メインステージの演奏が中断され、討論会に変わってしまった一九七一年八月の中津川フォーク・ジャンボリーのサブステージで、午前三時頃、突然始まったあるグループの演奏を描いたシーン。

〈こんな状態が夜中まで続いた。しかし午前三時ごろになるとさすがにみんな疲れてきて混乱はぽつんぽつんと自然におさまり始めた。みんなマットや寝袋で眠り始めた。私もそろそろ山の下の宿に帰ろうとした。その時、サブステージで突然演奏を始めるグループがいた。もはや混乱も怒号もなかった。大多数の観客は眠りこけていた。わずかにまだ元気のある若者たちがそのステージの下に集まり始めていた。少数のいわば選ばれた者たちに向かってそのグループはエキサイティングに、しかし、同時に冷静に演奏を続けた。凄いグループだなと感激して私は彼らのステージを見続けた。それははっぴいえんどだった。

「そらをせんそうで汚す国　そっからきたコーラにしがみつく　みかんいろしたヒッピーちゃん　それがどうしようもないおれたち」

はっぴいえんどのその歌が、会場全体をおおっている気分にいちばん合っていた。彼らの歌を背中で聞きながら私と後輩のM君は夜明けの道を下って会場を去った〉

これは、とても美しいシーンであるだけでなく、例えば、詳細をきわめるなぎら健壱の名著『日本フォーク私的大全』（筑摩書房、一九九五年）にも記載されていない、音楽史（風俗史）の貴重な一証言となっている。

こういうシーンに、『朝日ジャーナル』の若き編集記者だった川本三郎が遭遇するのはただの偶然ではない。一つの才能だ。と言っても、川本氏が、当時の朝日新聞の記者でありながら、豊かなサブカル的感受性にめぐまれていたことだけを意味しはしない。もっと大きな才能である。時代の空気（いや、ここは川本氏のキーワードを使えば「気分」と書いた方がより適確かもしれない）とシンクロしてしまう、そういう特権的な能力。

だが、その能力がまた、「悪夢」をも呼びよせてしまうことにもなる。

ところで、「気分」というのが川本氏のキーワードであるとすれば、『マイ・バック・ページ』で特別の意味を持っているのは、「沈黙」という言葉だ。

「ベトナムから遠く離れて」の章で、川本氏は、こう書いている。

〈今日、あのころのことが回想されるとき、しばしば「六〇年代にはまだ正義があった」と美化されて語られるが、それはおそらく間違っている。私たちはたしかにベトナム戦争に心の底から反対した。しかし同時に、私たちは、安全地帯にいながら戦争に反対することの「正義」に、うとましさ、うしろめたさも感じていたのだ。だから「正義」を語れば語るほど、むしろ「沈黙」したいと思うようになっていたのだ。「正義」と「沈黙」はほとんど紙一重だった〉

そういう大文字の「沈黙」だけでなく、この作品には、幾つもの「沈黙」が登場する。

のちに作家デビューすることになるあるピンク女優が、一九六九年夏、『週刊朝日』の「私の8・15」と題する募集原稿に、「二十歳・スナックバー勤務」という肩書きで応募し、その不思議な輝きを持った文章に、下読み編集部員だった川本青年は強くひかれ、入選作となる。入選者の「記名本人」を確認しに出かけた川本青年は、不在中の彼女にかわって彼女の知人から、彼女がピンク女優であることを知らされる。話題性をねらって、彼女のコメントを取ろうと、その帰りを喫茶店で待っている内に、このまま彼女に会わずに帰ろうと思い直す。

〈〝やはり野に置け、レンゲ草〟ではないが、彼女を芸名のほうで紹介する気にはなれなかった。彼女が原稿に書いてきた、ありふれた本名のほうだけで紹介記事を簡単に書こう。私はそのときはじめて「原稿にしないこともジャーナリストの仕事のうち」ということを覚えた〉

彼女の芸名は鈴木いづみ。そして川本氏は、単行本で、こういう一節を書き加えることになる。

〈なんということだろう、彼女は私のこの原稿を掲載した「SWITCH」誌が発売された直後、八六年の二月なかばに自殺した。自宅の二段ベッドでパンティストッキングを使った首吊り自殺だった。しかも自分の子どものかたわらでという壮絶な死だったという。三十六歳の死——〉

そして自殺といえば、タレントとしてこれからという時に、一九七五年七月、突如、自らの命を絶ってしまった保倉幸恵が『週刊朝日』の表紙モデルだった頃の、彼女との思い出を回想した「幸福に恵まれた女の子の死」という章のラストで、川本氏は、こういう「沈黙」を、描写する。

〈彼女は死んでしまい、私はそのあとも生き残り、いま、こんな感傷的な文章を書いている。この文章を読んだら、かつて、フーテンのふりをして「東京放浪記」を書いた私のうしろめたい気持を指摘した彼女は、「あなたはまた、私のことがわかったふりをして材料

にしているのね」というのだろうか。それとも私などのことはとうの昔に忘れて安らかに眠っているのだろうか〉

もちろん、この作品の中の、最大の「沈黙」は、川本青年が巻き込まれることになったあの「悪夢」、すなわち「一九七二年の出来事」についての「沈黙」である。最初に引用した、単行本版の「あとがき」でも語られているように、その「出来事」について書くつもりで始めた連載であるのに、「いざ書き始めてみると」、そのことについての記憶が生々しくて、「筆がすすまない」。つまり簡単には言葉に出来ない。

そのための一つの助走として、ここに紹介した幾つものエピソードが描かれるのだが、そういう貴重な精神史および風俗史の資料たる、その助走を経て、ようやく、「沈黙」が語られる。それまでの九章に費やした頁数と、その出来事について記述する三章分の頁数がほぼ等量である所に、この「沈黙」の深さが伝わる。

しかもこの出来事は、一九七一年八月から七二年二月に至る、わずか半年足らずの出来事なのだ。

だが、それは、新左翼運動が世間に「いやな気分」を与えて行く渦中の半年間だった。

〈おそらく全共闘運動やベトナム反戦運動を取材するジャーナリストはこういう「いやな気分」を感じることはなかったろう。そこにはある「正義」もあったし「清潔さ」もあっ

たのだから〉

具体的に言えば、それは、こういう半年間だった。

一九七一年八月七日警視総監公邸に時限爆弾が仕掛けられ、同二十二日に目黒区大橋の警察寮が爆破され、十月には東京世田谷と京都市伏見の派出所が相次いで焼き打ちにあい、東京文京区の派出所には爆弾が投げ込まれ、十二月十八日には小包爆弾によって警視庁警務部長土田国保夫人が殺され、同二十四日には東京四谷警察署追分派出所に仕掛けられたクリスマスツリー爆弾によって警官が死亡し、さらに翌七二年二月には、連合赤軍のいわゆる浅間山荘事件が起きる、そういう半年。

これは当時、リアルタイムで報道された事件である。

だがメディアにリアルタイムで報道されなかった事件もあった。連合赤軍は、群馬県の山岳ベースで、一九七一年十二月三十一日の尾崎充男を皮切りに、次々と、同志たちを「総括死」させて行った。川本青年が、一九七一年八月二十一日に赤衛軍を自称するKの起こした、陸上自衛隊朝霞駐屯地の自衛官刺殺事件に巻き込まれ、「証憑湮滅」の罪に問われて埼玉県警に逮捕された七二年一月九日には、六人目の犠牲者行方正時が殺され、このあと二月十一日の山田孝まで、合計十二人の若者たちがリンチ殺人の犠牲となった。

川本青年がついに「容疑事実を認め」、保釈されたのは二月初めの寒い日のことだった。

〈そして保釈されてから二週間ほどたって決定的な事件が起きた。
連合赤軍事件だった〉

さらに、川本氏は、こう回想する。

〈山のなかから遺体が次々に発見されてゆくにつれ、私はもう新聞を開く気力もなくなった。テレビのニュースも見たくなかった。

　事件のことを人と話すのも嫌だった。自分の事件のことも連合赤軍のこともすべて忘れてしまいたかった〉

私は今、ある雑誌に、一九七二年の社会・精神・風俗史を連載している。そのための資料として、同年の週刊誌や月刊誌のバックナンバーをきめ細かくチェックしている。そういう作業の途中で、私は、ある週刊誌に載った「元朝日新聞記者の生き方」と題する揶揄記事を発見した。それは、将来の見通しを切断された二十七歳の青年にとって、あまりにもむごい記事だった。

私が三度目に『マイ・バック・ページ』を通読したのは、その記事を目にした直後のことである。

（つぼうち　ゆうぞう／評論家）

＊初出「國文學」（學燈社、二〇〇一年十一月号）

［著者］
川本三郎（かわもと・さぶろう）
1944年、東京生まれ。評論家。東京大学法学部卒業後、朝日新聞社に入社。「週刊朝日」「朝日ジャーナル」の記者を経て、評論活動に入る。文芸・映画の評論、翻訳、エッセイなど、多岐にわたる執筆活動を続けている。
著書に、『朝日のようにさわやかに』、『大正幻影』（サントリー学芸賞受賞）、『荷風と東京』（読売文学賞受賞）、『林芙美子の昭和』（毎日出版文化賞受賞、桑原武夫学芸賞受賞）、『白秋望景』（伊藤整文学賞受賞）、『映画を見ればわかること』シリーズ、『いまも、君を想う』ほか多数。近刊に『陽だまりの昭和』、『荷風の昭和』。

平凡社ライブラリー 990
マイ・バック・ページ ある60年代の物語

発行日…………2025年5月2日　初版第1刷

著者……………川本三郎
発行者…………下中順平
発行所…………株式会社平凡社
〒101-0051　東京都千代田区神田神保町3-29
電話　(03)3230-6573［営業］
ホームページ　https://www.heibonsha.co.jp/

印刷・製本……株式会社東京印書館
ＤＴＰ…………大連拓思科技有限公司＋平凡社制作
装幀……………中垣信夫

ISBN978-4-582-76990-6

【お問い合わせ】
本書の内容に関するお問い合わせは
弊社お問い合わせフォームをご利用ください。
https://www.heibonsha.co.jp/contact/